ROMAN NÈGRE

Paru dans Le Livre de Poche :

BOHÈMES
LES ENFANTS
LIBERTAD !

DAN FRANCK

Roman Nègre

ROMAN

GRASSET

ISBN : 978-2-253-12741-3 – 1re publication LGF

Pour Samuel Benchetrit

L'écriture est un vêtement.

Aharon APPELFELD.

Il traversa le Champ-de-Mars en diagonale et emprunta l'allée Jean-Paulhan. Sa montre indiquait dix-huit heures lorsqu'il appuya sur le bouton de l'interphone. On lui précisa l'escalier et l'étage. Il reconnut la voix basse, presque rauque, de Laure.

Il franchit une double porte vitrée. L'ascenseur le déposa au quatrième, dans un couloir étroit où deux portes se faisaient face. Il choisit celle de gauche. Un élégant carillon à trois tons répondit à son appel. Dix secondes plus tard, Laure lui ouvrait. C'était une jeune fille qui paraissait magnifique au premier regard, l'était et le restait en toutes circonstances. Ce jour-là, la fatigue des fins de semaine lui alourdissait sensiblement la paupière. Son regard y gagnait une douceur un peu grave, comme une tendresse.

« Bonjour », dit Taro.

La dernière fois qu'ils s'étaient vus, c'était sous une douche. Depuis, Laure s'était séchée, habillée, maquillée, parfumée. Elle portait un tailleur écru fermé sur un chemisier blanc. Un camée retenu par un lacet était enchâssé au creux de son cou. Taro l'effleura d'un doigt léger, et elle rougit tandis qu'il l'embrassait sur la joue : le cordon dissimulait une tache lie-de-vin minuscule qu'elle détestait, et que seul un amant pouvait connaître.

Elle se retourna. Un homme se tenait à quelques pas. Il portait sa cinquantaine des dimanches dans un pantalon en velours et une chemise chic et souple munie de deux poches poitrine. Il se parfumait *Smalto* de chez Smalto. Ses pouces étaient glissés dans une ceinture croco à boucle d'or.

Laure demanda s'ils se connaissaient.

Taro tendit une main aimable à l'éditeur. Non, ils ne se connaissaient pas. Seulement de réputation, dit l'un, et réciproquement, répondit l'autre. Ces paroles de circonstance échangées, ils se regardèrent avec un glissement des paupières qui trahissait une gêne manifeste.

« Vous savez ? hasarda l'éditeur.

— Non.

— Je ne lui ai rien dit », confirma Laure.

Elle avait parlé de cette voix si particulière qui émouvait toujours Taro.

« Je suppose qu'un auteur m'attend de l'autre côté de cette porte », suggéra-t-il en montrant un double battant clos.

L'éditeur acquiesça :

« Un auteur important. »

Laure avait organisé la rencontre. Taro s'était demandé pourquoi ce jour-là, pourquoi pas dans un café, pourquoi lui. Il avait présumé que les ventes de l'auteur masqué valaient certainement que le PDG d'une des plus grosses maisons d'édition françaises le reçût chez lui en compagnie d'une de ses collaboratrices un dimanche en fin d'après-midi.

L'homme prit un livre sur une table basse et le tendit à Taro. C'était un lourd volume dont la couverture était illustrée par une fusée jaillissant entre un homme, à droite, une femme, à gauche, un titre, centré, et le nom de l'auteur, en bas, dans les étincelles de la propulsion : *L'Amour sur la lune,* par John Wifeman.

Taro ne connaissait pas.

« C'est un auteur maison, se tortilla l'éditeur. Un Américain… »

Ils se tenaient dans l'entrée d'un appartement dont toutes les pièces étaient fermées. Taro était reçu là comme dans un sas de désinfection.

« Nous devons vous dire quelque chose… »

L'éditeur décocha un regard tendu à Laure, qui saisit la balle au bond et ajouta, gênée :

« Vous allez avoir une surprise.

— Deux », répondit Taro en lui adressant un sourire froid.

Ils ne s'étaient jamais vouvoyés. Pas même la première fois, lorsqu'il était venu s'asseoir sur le canapé où elle s'ennuyait doucement, dans une maison d'amis désertée par les trois quarts des invités qui étaient partis en raison de l'heure tardive – sauf lui, qui avait longtemps attendu le moment de s'approcher, et elle, qui avait autant patienté avant de lui céder une petite place à son côté en se demandant s'il agrandirait l'espace jusqu'à son cœur ou s'il resterait au bas des marches, pied droit, pied gauche, zip.

« Oui, enchaîna l'éditeur. Une surprise qu'il s'agira non seulement de garder pour vous, mais aussi de dissimuler au principal intéressé.

— Pour ne pas le vexer, précisa Laure.

— J'ai l'habitude, répondit Taro.

— Je ne crois pas que vous vous soyez déjà retrouvé dans ce cas de figure », fit l'éditeur en dégageant ses pouces de la ceinture.

Il aspira une goulée d'air, gonfla les joues et dit : « Allons-y. »

Il poussa une porte. Une lumière vive éclaira soudain l'espace minuscule de l'entrée, en même temps que la réalité d'une situation que Taro s'efforça de maîtriser après un premier battement de cils. Jamais, en effet, il n'avait été confronté à semblables circonstances. Il salua d'une brève inclination du corps et s'en fut aussitôt vers les larges fenêtres qui donnaient sur la tour Eiffel. Il encaissa le choc en émettant un commentaire banal sur la vue et le temps, créant ainsi un trou d'air dans lequel tous s'engouffrèrent.

Il se retourna. John Wifeman se tenait devant une bibliothèque imposante. Elle était plus petite qu'à la télévision, moins assurée, la tête basse, le regard fuyant. Elle portait une robe cintrée et des souliers plats, des boucles d'oreilles et un triple collier de perles. Elle s'était aspergée d'un parfum ambré, épicé, issu d'une fleur de tubéreuse que Taro ne reconnut pas. Cette odeur se mêlait à celle du tabac froid. Ses cheveux, remontés en chignon, dégageaient des joues creuses, une peau très fine aux paupières, les marques d'une soixantaine aménagée. John Wifeman n'était pas un homme mais une femme. John Wifeman n'était pas américain. John Wifeman passait régulièrement dans des émissions culturelles où, sous son vrai nom, elle parlait de sa vie et de son œuvre. John Wifeman était un des auteurs français les plus en vue – et les plus vendus – du moment. John Wifeman était un faussaire. C'était cela que Taro avait été prié de garder pour lui, et cela qu'il se répétait à lui-même tout en déclinant sur tous les modes et à tous les temps la conjugaison d'un verbe très irrégulier. En un seul instant, il avait compris que s'il était là c'était parce que la personne qui se présentait sous le nom de John Wifeman n'écrivait pas ses livres, pas plus ceux prétendument traduits de l'américain que les vingt romans composant sa bibliographie officielle.

L'éditeur entama les négociations en demandant à John Wifeman pourquoi l'envie lui avait pris de signer d'un pseudonyme et de se faire passer pour un auteur étranger. John répondit, s'adressant directement à Taro :

« Je veux être libre. Libre comme l'air, voyez-vous. Ou comme l'eau. Libre de moi-même, cette personne que vous connaissez sans doute et qui voudrait muer. »

John tendit un bras aérien vers la tour Eiffel. Elle portait un bracelet bizarrement serré au-dessus du coude.

« Vous savez comme sont les artistes, vous qui leur prêtez parfois quelques forces. Nous nous trouvons ici alors qu'on nous croit ailleurs, puis ailleurs quand on nous voudrait ici. Nous sommes ubiques.

— Ubiques ?

— Laissons les mots nous inventer ! Jouons avec eux comme ils savent eux-mêmes plaisanter. »

L'éditeur suivait avec inquiétude l'évolution psychologique du quidam qu'il avait convié chez lui, redoutant une réponse négative qui ruinerait deux cent mille exemplaires attendus, sans compter les poches et les clubs. Laure regardait ailleurs. A sa mine, Taro comprit qu'elle avait été dupée. Quand elle lui avait téléphoné, elle croyait au conte de la traduction. Elle savait que Taro n'écrivait jamais de roman pour autrui.

Il demanda à l'éditeur ce qu'on attendait de lui. John répondit : elle avait besoin d'une aide pour son prochain livre.

« Quelque chose de très léger. Un nuage littéraire, un souffle inspirant. Comme une manière.

— Vous voulez dire un style ?

— Une forme.

— Et pour le fond ?

— Je l'ai. »

John Wifeman pointa vers lui un doigt long et rouge.

« Vous.

— Ah ! » fit Taro.

Il se figea quelques secondes avant de se tourner

vers le Champ-de-Mars. Dans les profondeurs de la poche, pouce et index agirent sur le Sony XP 453 qui le quittait rarement.

« Votre vie, votre œuvre », poursuivit John en venant vers lui.

Taro fit brusquement volte-face : il ne supportait pas qu'on l'approchât de trop près.

« Mes destinées personnelles ne m'inspirent guère en ce moment. Je suis un peu à court. Or, d'après ce qu'on m'a dit, vous êtes riche d'une soixantaine d'expériences, toutes plus complexes les unes que les autres.

— *On* vous a dit ?

— Une amie très chère. Chère à mon cœur, chère à mon âme, chère au public qui la vénère…

— Venons-en au fait, coupa Taro. Qu'attendez-vous ?

— Ayant écrit pour une soixantaine de personnages, vous êtes d'une nature assez partageuse. J'aimerais que nous formions ensemble la soixante et unième.

— Vous voulez écrire vos mémoires ?

— Elles sont déjà dans mon œuvre. Dans et entre les lignes.

— Ecrites par d'autres ?

— C'est une faiblesse, j'en conviens. »

Taro dirigea son regard vers l'éditeur.

« Si je comprends bien, Madame John Wifeman souhaiterait que je collabore avec elle à l'écriture de son prochain livre ?

— Il me semble.

— C'est tout à fait cela ! » s'écria la première concernée.

Elle vint auprès de Taro et lui prit le bras.

« Racontez-moi les histoires de ces personnages dont nous aimerions tant connaître les us et les coutumes ! Recréons-les ensemble ! »

Taro se dégagea.

« L'un d'eux, surtout, m'intéresse : Z. Un champion du monde ! »

Elle était en extase.

« Ce que vous souhaitez, c'est vous nourrir de mes expériences !

— Moins les zones d'ombre que vous désirerez garder pour vous. »

Elle pirouetta sur ses talons.

« Nous avons tous nos petits secrets. Alcôves et autres !

— Et qui écrirait cela ?

— Mais vous, voyons ! »

Elle souriait, sûre d'elle-même.

« Je vous laisse le temps de la réflexion. Prenez quarante-huit heures.

— Je n'ai pas besoin de ce délai pour vous donner ma réponse », répondit Taro.

Il la considéra bien en face. Elle dégageait une effluence de naphtaline et de citronnelle, du rance rafraîchi, un muguet sans gloire dont la corolle manquait de fierté.

« C'est non. »

Il n'attendit rien, il ne la regarda plus, il salua à peine.

Comme il franchissait le pas de la porte, elle le retint d'un *Hep !* autoritaire. Elle glissa dans sa poche une enveloppe fermée.

« Vous y jetterez un œil au cours de ces quarante-huit heures que je vous accorde.

— Je ne vois pas ce qui vous autorise à m'accorder quoi que ce soit », répliqua fermement Taro.

Dix minutes plus tard, il se retrouva dans la rue. Laure lui donnait le bras.

« Je t'emmène chez moi, dit-elle. J'ai oublié de t'apporter un manuscrit.

— C'est un prétexte ? »

Elle lui griffa le dos de la main :

« Macho de con !

— Il s'agit d'un autre livre de John Wifeman ?

— Non. Une biographie d'un mafioso américain. *Little Italy.*

— Je pense que je n'entendrai plus parler de John Wifeman.

— Elle ne te pardonnera jamais d'avoir refusé de l'aider. Elle s'est dévoilée, et tu es désormais dépositaire de son secret.

— Je le garderai, répondit Taro.

— Pourquoi n'a-t-elle pas fait appel à son nègre habituel ?

— Il était probablement incapable de lui apporter la matière qu'elle voulait me prendre.

— Mais il pouvait l'écrire.

— Parfois, les Noirs se révoltent. Ils veulent

apparaître. En général, ce désir de reconnaissance signe la fin de l'histoire. »

Taro ignorait comment la partie s'était achevée entre John Wifeman et son ancien scribe. Cela ne le concernait pas.

Ils marchèrent en silence jusqu'à la rue Dupont-des-Loges. Au loin, la coupole des Invalides brillait sous un soleil pâle.

« Je ne crois pas qu'elle te lâchera ainsi, reprit Laure. Elle s'est mise à nu. Elle ne l'a pas fait sans raison.

— Quelle pourrait être cette raison ?

— La certitude d'être la plus forte. »

Taro fouilla ses souvenirs, récents et plus anciens. L'horizon paraissait dégagé.

« Elle t'a donné une enveloppe… »

Il l'ouvrit. C'était une carte de visite. Coco Mademoiselle lui fixait rendez-vous le lendemain, à midi.

« Qui est Coco Mademoiselle ?

— Une vieille starlette. Elle a connu son heure de gloire dans les années 70. J'ai écrit ses mémoires il y a dix ans. »

Il se demandait quel lien l'unissait à John Wifeman. Une vague inquiétude pesa soudain sur ses épaules.

« Coco Mademoiselle… S'agit-il d'un nom de scène ?

— C'est la marque de son parfum. Chanel. »

Laure s'arrêta.

« Et le mien ? »

Il prit son poignet et le porta à ses lèvres. Il respira doucement et dit :

« Givenchy. »

Elle vint contre lui.

Il ajouta :

« *Very irresistible.* »

Quand il était petit minuscule, Taro jouait à la marelle sur les pavés du passage d'Enfer. En mémoire de cette époque ensevelie sous une quarantaine de saisons, chaque fois qu'il revenait chez lui, il clochait imperceptiblement du pied en franchissant l'une des deux grilles de la ruelle.

Son grand-père avait habité là entre le début de la guerre d'Espagne et la fin de l'Occupation. Dans les années 50, il en avait été chassé par des convoitises immobilières. Les jeudis d'avant sa mort, il promenait son petit-fils le long des façades claires bordant la venelle, et lui racontait la chute de Madrid, Fabien à Barbès, les amis cachés dans le passage pendant les heures sombres.

Trente ans après l'expulsion, le premier étage de l'ancien appartement familial avait été acquis grâce aux confidences d'une infirmière bénévole partie en Afrique pour oublier un grand chagrin d'amour (165 000 exemplaires vendus, retours déduits). Coco Mademoiselle avait permis d'agrandir l'espace avec l'étage supérieur. Il restait une chambre à vendre de l'autre côté du dernier palier. Taro avait posé sa candidature.

Il entrait dans le passage tantôt par la grille de la rue Campagne-Première, tantôt par celle du boulevard Raspail. Tout dépendait de ses humeurs. Ce matin-là, après une nuit chez Laure, il était comme Jean-Paul Belmondo surveillé par Daniel Boulanger sous l'œil attentif de Jean-Luc Godard. Il éprouvait le sentiment désagréable de se trouver dans la ligne de mire de John Wifeman.

Cependant, il ne courait pas. Il ne courait jamais. Quand il regardait le film, il zappait l'avant-dernière scène. L'image de l'homme à terre ne le gênait pas. Celle de l'homme poursuivi lui était insupportable.

Il bifurqua à l'endroit exact où Belmondo tombait. Au loin, dans le passage, il aperçut une silhouette. Ce n'était pas Jean Seberg, mais un homme. Pas américain, mais luxembourgeois. Il avait un porte-documents à la main et un feutre sur le chef. Taro songea à faire demi-tour, mais l'homme l'avait repéré. Il lui fit un signe et avança dans sa direction. Il s'appelait Auguste Martin. Il était médecin à Hesperange. Il avait dans les soixante ans. Le porte-documents contenait une boîte de chocolats et, Taro s'en fit muettement le pari, un manuscrit.

Auguste Martin lui offrit la boîte de chocolats au *Bistrot de Bernard,* à l'angle de Raspail et d'Edgar-Quinet. Il parla de la pluie et du mauvais temps avant de déposer le manuscrit sur la table. Il pesait dans les deux cents grammes. Il avait été écrit par le nègre du nègre, choisi par Taro, sur une idée originale d'Auguste Martin.

« Denoël devait le publier, se désola l'auteur. Ils avaient même programmé une date de sortie. Ils l'ont finalement refusé. »

Un lecteur mal intentionné avait convaincu l'éditeur de renoncer. Auguste Martin était d'autant plus déçu qu'un texte de quatrième de couverture avait été rédigé. Il le posa sur la table. Taro lut :

Voici l'histoire d'un crime parfait dont l'assassin est l'auteur. Les mots sont meurtriers, les phrases préméditées et le style contondant. Par une extraordinaire acrobatie littéraire, Auguste Martin entraîne son lecteur dans une chambre obscure que Nabokov lui-même n'aurait pas reniée.

« Qu'attendez-vous de moi ? demanda Taro.

— Que vous repreniez le livre.

— Non.

— Pourquoi ?

— Vous connaissez la raison. Pas de roman. »

Auguste Martin soupira. Il était comme un grand poireau triste. Il sortit un mouchoir de sa poche, repoussa son feutre sur le crâne et se tamponna le front.

« Je paie. Cher, même.

— Vous ne devriez pas.

— Les affaires vont bien en ce moment…

— Non, répéta Taro.

— Je vous en prie. »

Taro lui demanda pourquoi il tenait à signer ce livre pour lequel il avait déjà dépensé une somme conséquente. L'autre se lança dans une de ces explications qui plongeaient toujours Taro dans un bain à forts remous où l'exaspération le disputait à la colère. Ses interlocuteurs justifiaient immanquablement leur démarche par des énergies remontant à l'enfance, une vocation contrariée, des poussées éruptives sans cesse ajournées, le besoin altruiste de transmettre une expérience unique, de délivrer un message à son prochain, ma vie est un roman si vous saviez…

Il savait : il était même payé pour cela. En prime, il devait ouvrir grand l'oreille pour écouter les lieux communs qui accompagnaient généralement l'Œuvre à construire.

Observant Auguste Martin sans véritablement l'entendre, Taro songeait que Jacques Tati eût pu le choisir comme doublure lumière.

« Trouvez-moi une solution », implora le Luxembourgeois.

Il posa ses deux mains sur l'avant-bras du Messie.

« Ce livre est plus que ma vie. »

La détresse d'autrui ne laissait jamais Taro indifférent. Cependant, il ne supportait pas qu'on s'y attardât.

« Confiez-moi votre texte, dit-il.

— Vous allez l'écrire vous-même ?! »

Un intense bonheur égayait les pupilles du médecin.

« Je vous donne l'argent tout de suite ! En espèces, comme l'autre fois. »

Taro, qui n'avait fait que transmettre, ignorait le montant de la transaction précédente. Auguste Martin proposa un chiffre. Il l'accepta.

« La première moitié maintenant, la seconde à la remise du texte. Pas de contrat. »

Le Luxembourgeois ne voulait laisser aucune trace du délit collectif.

« J'ai la somme ! »

Il tira une lourde enveloppe de sa poche intérieure et la tendit à Taro.

« Je n'avais pas prévu que ce serait vous, mais je savais que vous me trouveriez une personne compétente. »

Taro empocha l'argent. Il promit que la tâche serait accomplie avant l'été. Puis il quitta Auguste Martin en oubliant les chocolats : il en avait déjà reçu six boîtes sans en ouvrir aucune.

Il esquissa un pas enlevé en retrouvant le passage. Il monta au troisième, ouvrit, referma, enleva, poussa et alluma.

Son bureau occupait tout un angle de la grande pièce. Il y posa le manuscrit que Laure lui avait confié – *Little Italy* – et découvrit la première ligne de la biographie du mafioso italien : *New York, c'était Rome, Paris, Bogotá et Londres en plus haut.* Il procéda ensuite comme Tristan Tzara au *Cabaret Voltaire* : il s'empara d'un coupe-papier et le pointa sur une ligne prise au hasard des pages. Il lut :

C'est dans cette ville de crimes et de violences que le petit Sednaoui avait grandi, apprenant à manier le six-coups aussi spectaculairement qu'il avalait les pâtes familiales, le dimanche, après la messe.

Il mit la page de côté, referma le manuscrit et le glissa sous une pile d'épreuves qu'il avait corrigées la veille et devait renvoyer en urgence : les pensées d'un chanteur sicilo-belge dont il avait recueilli la substantifique richesse.

Il écouta les messages reçus en son absence, brancha l'ordinateur et monta au quatrième.

La pièce sous les toits était si basse de plafond qu'on n'y marchait pas debout. Taro y avait installé son lit, une baignoire et une table ronde sur laquelle étaient posées deux liasses de papier. L'une était vierge, l'autre noircie à l'encre. Un stylo reposait entre les deux : un Parker 51, plume or semi-découverte datant de 1962. Le papier était un Lalo Vergé de France ivoire d'un grammage moyen. Taro était très sensible à la qualité du matériel.

Il travaillait pour les autres dans la journée, en bas. Il écrivait pour lui-même la nuit, en haut. Les livres qu'il fabriquait étaient dévorés par des centaines de milliers de lecteurs. Personne n'avait jamais lu ses propres feuillets. Lui qui avait publié soixante-deux ouvrages sous des identités étrangères n'avait pas édité sous son nom. Pourtant, chaque nuit, il empruntait le petit escalier en colimaçon qu'il avait fait installer après avoir réunifié ses deux

Allemagne. Il prenait un bain au quatrième. Dans l'eau brûlante, il coupait la sono du chanteur sicilo-belge, bottait *Little Italy* et raccompagnait Auguste Martin à la frontière. Après quoi, il revenait dans son propre giron. Lavé, séché, rhabillé, il baissait les lampes afin d'obtenir la lumière idéale pour écrire : trois ampoules tungstène quarante watts montées sur un variateur réglé au tiers de la puissance, un lampadaire légèrement voilé orienté sur la table en un halo d'un jaune assez chaud. Il s'asseyait devant ses talismans – un portrait de Gerda Taro que lui avait offert son grand-père, un exemplaire original des *Ecrits de Laure* publié hors commerce par Georges Bataille et Michel Leiris en 1939, *Le Cri* d'Edvard Munch, une étoile de David ramassée dans la rue, à Beyrouth. Ce petit espace qui l'abritait si parfaitement devenait peu à peu comme une mer noire et immobile dans laquelle il lui faudrait se jeter. Sachant à peine nager. Les écrivains sont fétichistes parce qu'ils ont peur, pensait-il pour se sentir moins seul.

Ainsi, isolé dans le monde endormi, il écrivait quelques pages d'une histoire qu'il avait commencée de nombreuses années auparavant et refusait de conclure – un couple dans un aéroport, une route crevassée, une voiture, Beyrouth…

Il écrivait pour se débarrasser d'une image. Pour construire sur une défaite. Donner une forme à un désastre. Il avait commencé au retour d'un voyage au Liban. Depuis, il avait écrit des milliers de pages sur un homme courant qu'il ne dépassait pas, ne rattrapait pas, abandonnait toutes les nuits sans l'avoir sauvé. Car, immanquablement, plus sa plume approchait du centre de la ville, plus les difficultés croissaient, montant en lui comme des barricades mystérieuses derrière lesquelles il s'arrêtait, incapable d'affronter de nouveau la terreur. Il se couchait, épuisé. Des moutons en forme de lettres et de points d'interrogation broutaient dans sa tête. Ils finissaient par former quelques phrases, les premières de cet immense roman inachevé dont il lui semblait connaître depuis toujours les premiers mots :

Gad la dévisageait intensément. Il la rassurait toujours ainsi, comme s'il fixait la peur en l'immobilisant dans une étreinte hypnotique.

Il avait un regard très doux, d'ailleurs c'était un homme très doux, très sûr, un médecin libanais qui avait appris le français pour parler à sa femme. Et il lui disait, avec un accent léger comme un soupir, qu'elle ne devait pas avoir peur, un Boeing ne s'écrase pas au-dessus du Liban, pas au-dessus de la mer, nulle part, et, de toute façon, le sillage argenté d'un avion, c'est comme une ligne de vie sur la peau du ciel.

Jadis, Taro aimait la nuit pour ses fêtes. Il les avait largement consommées, en tous lieux et sous toutes les formes. Le soir, il écrivait des poèmes. Puis il sortait. Cette époque lui paraissait brouillée par les fumées de cigarettes, le passage des shiloms, Henry Miller, Blaise Cendrars, Bob Dylan et François Béranger :

J'en suis encore à m'demander
Après tant et tant d'années
A quoi ça sert de vivre et tout
A quoi ça sert en bref d'être né

Après un long séjour dans la campagne ardéchoise, il avait quitté les maisons bleues des unes et des autres pour une personne de la ville et d'assez bonne famille. Une fille du Sud et du soleil qui chantait des chansons mélancoliques en s'accompagnant à la guitare. Il aimait son sourire et son parfum, un Vétiver très frais dont elle s'aspergeait le matin avec une maestria qu'il avait découverte là pour la première fois et qu'il devait retrouver plus tard dans le seul miroir des élégantes : elle vaporisait un ovale parfumé à quelques centimètres de son visage, faisait un pas pour entrer dans le cercle, laissait ensuite les gouttes retomber sur ses épaules, comme une rosée.

Il rythma ses vers libres, qui firent des chansons et leur bonheur. Elle avait la voix d'Anne Vanderlove. Elle chantait dans les bars de Toulouse. Il s'asseyait à une table éloignée, la regardait et écrivait. Le texte s'emparait de lui, le débordait. Il aimait ses mots et lui-même à travers eux. Cet égotisme si étrange lui parut bientôt nécessaire : sans lui, comment continuer ? Pourquoi alignerait-on les mots puis les phrases puis les pages sans s'accomplir en eux ? Il s'estimait là, et seulement là. Le temps d'un mirage. Ensuite, la vie reprenait son cours. Elle lui eût été difficile sans ce flux intérieur.

Ils se quittèrent par excès de passion. Se retrouvèrent pour la même raison. Quand l'un rêvait d'une ligne droite, l'autre souhaitait des courbes. Ils se séparaient pour se rejoindre. La vie n'est pas une construction, chantait-elle, Nous ne sommes pas ses architectes, écrivait-il.

L'épuisement les emporta. Ils mirent de la distance entre eux. Taro vint à Paris. Il dansa seul le 10 mai 81 à la Bastille. Ce soir-là, il eut l'impression d'être devenu grand. Le monde changeait, il changerait avec lui. Tout beau, tout neuf. Il était comme la rose dans la main de la gauche.

Vétiver le rejoignit. Ils dessinèrent leur ligne

brisée pendant quelques années encore. Ils se séparèrent définitivement au Liban, en 1985. Taro lui avait écrit quatre chansons dont elle fit un disque, *Beyrouth, in memoriam*, le seul, à sa connaissance, qu'elle enregistrât jamais. Ce fut, en quelque sorte, le cadeau de rupture qu'ils se firent l'un à l'autre.

Il se persuada bientôt que pour vivre de ses rimes, un poète doit tremper sa plume dans un encrier en prose. Et commencer tout en bas de la page.

Il frappa aux portes des maisons d'édition parisiennes. Il fut engagé par l'une d'elles comme décrypteur à temps partiel. Les livres-entretiens étaient nés. Il en fut le premier accoucheur. Le magnétophone devant lui et les stars dans les oreilles, il tapait au kilomètre des propos et des confidences qui l'effleuraient sans le toucher. Parfois, il rédigeait. Le soir, il redevenait poète. Il cultiva ainsi une schizophrénie salutaire, œuvrant pour autrui dans la journée et la nuit pour lui-même. Proposition qui ne cessa jamais de lui sembler des plus contradictoires puisque, écrire pour lui était la plus belle façon, à ses yeux, d'écrire pour les autres.

Il fut promu. Il devint employé de surface littéraire, attaché au service de monsieur Museau.

Monsieur Museau était éditeur. Il dirigeait quelques collections dans une maison qu'il eût aimé présider sans en avoir les compétences. Il restait donc dans son placard, un petit bureau sans fenêtres. Il y nourrissait ses rancœurs. A son contact, Taro découvrit une règle élémentaire de la vie des sociétés.

Sachant qu'un grand est toujours le petit d'un plus grand, nul baromètre ne vaut celui-ci : les grands vus du bas.

Museau ne saluait pas le petit personnel.

Une fois par semaine, il convoquait ses collaborateurs dans la maison triste qu'il habitait aux confins d'une banlieue bourgeoisement sinistre. Il fallait sortir à une porte de Paris, suivre une rue principale, tourner après un terminus de car, sonner à la troisième grille, se fouler la cheville sur des graviers qui collaient aux semelles, saluer Madame Mère et la descendance (douze et quatre ans), se déchausser, gravir les marches lustrées d'un escalier qui conduisait au dernier étage, sous les toits : deux pièces d'archives, de trésors littéraires et discographiques à trier.

Monsieur Museau était collectionneur. Usant et abusant de sa position, il se faisait livrer les nouveautés dont la presse parlait. La préposée aux demandes s'appelait Eliane. Elle était à son service depuis une bonne dizaine d'années. Dévouée sans corps ni âme, et seulement par obligation familiale, elle traquait les confrères et les maisons de disques, faisait livrer à domicile. Puis, secondée par Taro, elle rangeait tous les mercredis après-midi. Après quoi, elle tapait le courrier dont Museau indiquait les grandes lignes à Taro, chargé de mettre en forme puis de rédiger. Car parmi d'autres incompétences notoires, l'éditeur ne savait pas écrire. Il décorait ses phrases d'adjectifs emphatiques, scintillants, luminescents, redondants, de vocables et substantifs précieux, d'une ponctuation hasardeuse, chic – non ? –, expressive ! et maladroitement point virgulée ;

Taro arrondissait les angles. Il commençait par le courrier, revoyait les articles commandés à Monsieur Museau, écrivait ceux qui exigeaient une connaissance que le rédacteur n'avait pas (notamment, pour un hebdomadaire national, toutes les critiques de disques allant de la Renaissance à la musique pré-romantique).

S'appuyant sur un secrétariat hors pair, Museau songea un jour à devenir auteur. Il se commanda à lui-même quelques livres-entretiens avec des sommités du monde politique, culturel, intellectuel. Il interrogeait, Eliane décryptait, Taro rédigeait, lui-même cosignait. Ainsi s'installa, selon le mot du fondateur, le triangle équilatéral d'une négritude bien comprise. Il arrivait que les trois côtés devinssent quatre, cas de figure géométrique qui se produisait lors des surchauffes ou, plus pernicieusement, quand le signataire voulait humilier son rédacteur. Il le mettait alors en concurrence avec un dénommé Marc Kajanef, journaliste éminent que Taro détestait par principe. Lorsqu'il le rencontra, il devint son meilleur ami. C'est lui qu'il appela après avoir relu les cent dernières pages des trois mille six cent onze de son roman inachevé.

« Viens », lui répondit Marc Kajanef.

Sa voix seule, lourde de vapeurs chaleureuses, était un réconfort.

« J'ai un rendez-vous à midi.

— Je t'attends après ! »

Ils convinrent de déjeuner ensemble.

Taro redescendit au troisième étage et s'assit derrière son ordinateur. Il prit la page extraite de *Little Italy,* s'amusa à réécrire quelques lignes qu'il envoya en pièce jointe à Laure, accompagnées d'un mail ainsi libellé : *Je ne pourrai pas faire mieux.*

Après quoi, il chaussa son baladeur, choisit Lou Reed *(Sick of you)*, sortit, descendit le boulevard Raspail et s'engouffra dans le métro. Quelques ouvriers s'affairaient. Ils changeaient les anciennes banquettes contre des sièges en plastique fixés loin les uns des autres. Une mâchoire édentée. Pour mordre les clodos qui s'y allongeaient la nuit et iraient désormais grelotter ailleurs. Liberté, égalité, fraternité, songea tristement Taro.

Laure découvrit le message quelques minutes après que Taro l'eut envoyé. Elle émit un commentaire amusé de cette voix profonde qui enchantait les hommes. Celui qui passait dans le couloir entra sous un prétexte quelconque. Il s'appelait Claude Vizir. Il avait vingt-quatre ans et des vues secrètes sur cette personne dont il dessinait la silhouette sur des buvards qu'il collectionnait. Il comptait lui offrir la collection complète rassemblée en un album acheté chez Marie Papier lorsqu'il oserait enfin l'inviter à dîner. Chaque fois qu'il entrait dans le bureau, c'était dans ce but. Chaque fois qu'il en sortait, il se morigénait de ne pas l'avoir fait, filait à sa propre table et traçait sur un buvard frais une silhouette nouvelle.

Ce matin-là, après s'être approché puis esquivé sans même avoir été remarqué, il dessina une jeune fille lisant, penchée sur un écran d'ordinateur. Ses mèches brunes couraient joliment sur une épaule dissimulée par un léger cachemire rose qui laissait entrevoir un dessous en dentelle gris fumé, combinaison ou soutien-gorge, sans nul doute assorti à une culotte de même nature, texture et marque, Laure étant une personne d'une grande élégance et d'une rare finesse.

Ce premier dessin achevé, Claude Vizir en fit un autre. Le même à une différence près : la jeune fille penchée sur l'écran de l'ordinateur était nue.

Elle lisait le passage réécrit par Taro :

Sednaoui aimait les spaghettis depuis sa plus tendre enfance. La nouille glissait en lui, aussi douce qu'un transit affectif dont il réalisait, chaque fois qu'il déglutissait de la pâte, combien il lui avait manqué. En comblant cette absence d'un rouge sang, la sauce tomate et le Ketchup avaient fait de lui un assassin.

Laure envoya un texto à Taro. Celui-ci n'entendit pas l'alerte de son téléphone mobile. Il venait de sortir au métro Pompe. Il suivait une rue déserte qui le conduisit jusqu'à une grille close. Son doigt effleura un bouton nacré qui mit en branle un carillon classé N° 1 au hit-parade 1969. Une soubrette ouvrit, qui le conduisit vers le salon d'attente.

Dans cette pièce vaste et sombre, l'ancienne starlette trônait sur tous les murs : peinte, photographiée, croquée, posée, encadrée, punaisée. On la voyait dans les années 60, en jupe plissée, le micro de son premier radio-crochet devant la bouche, l'œil rieur et la chevelure dégagée sur le front, les boucles à la Sophia Loren encadrant des pommettes rondes. Dix ans plus tard, sur la scène de l'Olympia, elle souriait à ses fans avec cette tendre faconde que Taro lui avait connue et qu'il retrouva sur les portraits de l'artiste dédicaçant son ouvrage à différentes fêtes du livre où, bien entendu, il n'avait pas été convié ; sur les marches de l'Hôtel du Palais, à Biarritz, où l'éditeur l'avait invitée en même temps que la presse pour fêter le cap du premier million d'exemplaires vendus ; à Saint-Pétersbourg, devant Pierre-et-Paul, pour le deuxième million. Sur le pas de la porte, ce matin de printemps, rayonnante dans une robe rouge piment, les deux bras tendus dans sa direction, s'exclamant : « Comme je suis heureuse de vous revoir ! »

Mêlé à la douceur sucrée et cotonneuse du fond de teint, il reconnut *Coco Mademoiselle* de Chanel, qu'elle portait huit ans plus tôt. Elle avait changé pour un autre parfum au moment de l'élaboration du tome 2 – qu'il avait partagé avec un camarade écrivain, promu nègre du nègre. Il fut satisfait de constater qu'elle avait renoué avec ses anciennes amours parfumées. Il lui était toujours pénible de devoir recomposer une image olfactive sur des traits qui, eux, n'avaient pas varié. Il avait alors l'impression de voir sans reconnaître, d'échouer sur une terre à demi étrangère. Peut-être était-ce là une des raisons pour lesquelles il avait délégué l'écriture des œuvres complètes, suite.

Elle avait changé, pourtant. Son regard, aussi clair et lumineux que jadis, s'était enchâssé dans un écrin plus souple. L'angle du menton s'était brouillé. Son visage, encore beau, était comme un lacis. Elle n'était plus une jeune femme, et pas encore une dame.

D'un coup d'œil où la malice le disputait à la tristesse, elle lui fit comprendre qu'elle avait pénétré ses pensées. Il lui prit la main, la serra et dit que lui aussi était content de la revoir.

« Avez-vous une idée de la raison pour laquelle je vous ai fait venir ici ? »

Il avait oublié qu'elle ne s'encombrait pas de préambules. Elle délaissait toujours les amuse-gueules que, la plupart du temps, les autres disposent poliment avant de passer à la table des négociations. Cette autorité affichée masquait un manque d'assurance qu'à aucun moment Taro n'avait confondu avec du dédain. Il dit qu'il ignorait absolument le motif pour lequel il se trouvait là.

« Vous me devez un livre, sourit Coco Mademoiselle en l'observant avec une ironie amusée.

— Ah oui ? fit-il, froid soudain.

— Nous avons même un contrat.

— C'est si vieux…

— Mais encore d'actualité. Vous l'aviez oublié ? »

Il se rappelait surtout qu'il avait touché l'avance, et que celle-ci était considérable. A l'époque, il avait refusé les offres d'un avocat spécialisé qui lui avait proposé de récupérer un bon tiers des millions de francs gagnés par la chanteuse sur son premier livre, mais lorsque l'éditeur lui avait demandé de poursuivre une collaboration si bénéfique, il avait accepté à condition d'être payé royalement à la signature des contrats. Le premier à-valoir avait été versé au nègre du nègre ; le second avait financé des travaux de première nécessité sous les toits de sa maison. Il avait donc une dette. Coco Mademoiselle l'avait convoqué pour qu'il l'honorât.

« Quel livre voudriez-vous faire ? demanda-t-il en s'efforçant de donner à sa question un tour réjoui.

— Aucun. »

Il marqua sa surprise par une exclamation dont il s'efforça de compenser le caractère franchement soulagé en posant immédiatement une question grave :

« L'inspiration vous a-t-elle quittée ?

— Pas moi. Mais une de mes amies. »

Taro se tourna vers la fenêtre. Il avait compris. Dans le viseur de Daniel Boulanger, il apparaissait certainement en très gros plan. Sauf que ce n'était pas Daniel Boulanger. Et qu'il était bel et bien la cible.

« Je refuse, dit-il.

— Vous ne pouvez pas.

— Je n'écris pas de roman pour les autres. »

Il s'absorba dans la contemplation des dahlias noirs qui égayaient sinistrement le jardin. Elle vint derrière la vitre, près de lui. Aussitôt, il fit un pas de côté.

« Je vous donne une occasion unique d'oser une nouvelle expérience, et vous refuseriez ?

— Admettons que je ne m'en sente pas capable. »

Il se tourna vers elle.

« Je peux rembourser la somme et faire annuler le contrat. »

Il savait qu'aucune banque ne lui prêterait l'argent.

« Cela regarde l'éditeur, objecta-t-elle.

— Je lui en parlerai.

— C'est ce que vous êtes en train de faire. »

Elle s'était campée devant la porte, mains aux hanches, comme pour lui signifier qu'il n'existait aucune issue de secours.

« J'ai racheté votre contrat. Vous n'avez plus qu'un interlocuteur. »

Elle pointa l'index sur sa poitrine et dit :

« Moi. »

Un éclair durcit son regard. Elle le chassa d'un battement de cils.

« Je ne veux pas de querelle entre nous.

— Moi non plus, dit-il, mais je n'écrirai pas ce livre. »

Il marcha vers la porte, l'ouvrit, franchit le couloir d'un pas rapide et dégringola les escaliers sans même avoir salué la vieille starlette.

Dehors, il brancha son baladeur. Léo Ferré, Verlaine :

Ô triste, triste était mon âme
A cause, à cause d'une femme
Je ne me suis pas consolé
Bien que mon cœur s'en soit allé

Il repassa chez lui pour prendre le manuscrit et l'enveloppe d'Auguste Martin qu'il avait oubliés, puis il monta à Port-Royal sur un siège haut de l'autobus 38. Le boulevard Saint-Michel, lugubre et désert, se levait au Luxembourg, s'habillait à Soufflot, sortait aux Ecoles, s'animait à Saint-Germain, se couchait sur la Seine, à l'abord des noirs clochetons de la Conciergerie.

Bien que mon cœur, bien que mon âme
Eussent fui loin de cette femme.

Le Sébastopol enflait plus loin, au-delà des capillarités du Châtelet. La gare de l'Est campait au bout. Taro n'aimait pas cette perspective, qui lui rappelait une époque lointaine où une très jeune fiancée l'accompagnait, le dimanche soir, au train de nuit en partance pour l'Allemagne. Il y faisait ses classes. Elle se parfumait Nina Ricci, *L'Air du Temps*.

Il descendit à Strasbourg-Saint-Denis et marcha vers la place Franz-Liszt. Marc Kajanef était chez lui. Il ouvrit à Taro, mit un doigt sur ses lèvres et l'entraîna dans son bureau. Deux tables se faisaient face : sur l'une, s'amoncelaient des thèses et des ouvrages consacrés à Beethoven ; sur l'autre, les articles en cours d'écriture. Kajanef avait enseigné à Taro la règle géographique du partage des tâches : pour maîtriser la schizophrénie résultant de l'exécution de plusieurs travaux, il convient de ne jamais rédiger sur la même table deux œuvres distinctes.

Tout comme Taro changeait d'étage en même temps que d'encrier, Kajanef n'usait pas des mêmes plumes sur les mêmes plateaux.

Un doigt maintenu sur ses lèvres et l'autre levé en direction d'un soleil musical provenant d'un antique tourne-disques, Kajanef encouragea son ami à écouter avec lui la fin d'une œuvre de Johann Sebastian Bach que Taro ne reconnut pas aussitôt : *L'Art de la fugue*. Quelques années auparavant, Kajanef avait publié une biographie monumentale du cantor de Leipzig. Depuis, il partageait son temps entre des écrits alimentaires et une *Vie* de Beethoven.

« Le premier des romantiques après le dernier des classiques, apprécia Kajanef en soulevant l'aiguille de son appareil.

— Où places-tu Mozart ? demanda Taro pour faire bonne figure.

— Entre les deux. »

Kajanef glissa le disque dans une pochette jaune aux couleurs d'*Archiv Produktion* qui émut Taro : dans son enfance, son père avait les mêmes.

« Mozart est moins saisissant que Bach et Beethoven. Tu reconnais toujours sa note. Mozart, c'est Matisse. Beethoven, c'est Picasso.

— Je n'aime pas *L'Art de la fugue*, repartit Taro.

— C'est la dernière œuvre de Bach. »

Kajanef embrassa Taro, le prit aux épaules, l'observa et dit :

« Qu'est-ce qui ne va pas ?

— Coco Mademoiselle, répondit Taro.

— Une princesse nouvelle ?

— Un Méphisto en robe. »

Il raconta. Marc Kajanef faisait partie de ces personnes rares qui écoutent avec tous leurs sens. Elles entendent, regardent, ponctuent, compatissent, jugent. Tout en lui parlant, Taro s'allégeait du poids que l'ancienne starlette faisait peser sur ses épaules. Il se confiait volontiers à son ami. Vingt ans de différence d'âge les avaient rendus complémentaires. Ils échangeaient une sorte de protection tutélaire rassurante contre une énergie salvatrice.

Quinze ans plus tôt, lorsqu'ils s'étaient rencontrés, Kajanef avait des femmes et des enfants. Plusieurs, en maints endroits. Il passait d'une maison à une autre sans heurts, visitant des foyers recomposés où on lui avait parfois gardé une place. Il aimait cette diversité autour de lui. Sa vie professionnelle était réglée de la même manière. Il dissertait aussi aimablement sur Michel-Ange et les Fauves, Shakespeare et Thomas Bernhard, Monteverdi et Stockhausen. Sa culture était éblouissante. Il offrait sa plume à qui la demandait, les hebdos comme les quotidiens, et parfois écrivait un livre, changeant de registre avec l'habileté d'un diable. Il avait organisé sa vie de telle sorte qu'il ne dépendait de personne. C'était un homme libre.

Ils allèrent déjeuner. Ils choisirent des huîtres. Puis ils regardèrent les femmes passer. Elles leur suggérèrent des images, qui, se précisant, devinrent des histoires, certaines liées à des romans dont ils recherchèrent la trace chez les bouquinistes de la rue La Fayette. Ils revinrent chez Kajanef dans l'après-midi. Taro lui demanda s'il disposait d'un peu de temps. Kajanef venait de commencer sans plaisir un livre d'entretiens réalisé par Monsieur Museau avec un haut fonctionnaire spécialiste du Moyen-Orient.

« Je l'écris pour payer mes pensions alimentaires. Après, j'arrête tout. Je finis ma biographie de Beethoven. »

Il y travaillait depuis dix ans.

« Si je décide que c'est l'œuvre de ma vie, je dois l'achever.

— Tu as le temps, objecta Taro.

— Pas tellement. »

Cette réplique appelait une suite. Comme elle ne venait pas, Taro posa une question. Kajanef répondit que la dernière fois qu'il s'était regardé dans une glace, c'est-à-dire le matin même, il avait vu son père.

« Lorsque tu reconnais ton père en toi, dans le regard ou dans l'expression, c'est que tu as commencé de vieillir. Tu t'approches de ton image avec curiosité, et tu cherches quelque chose qui a déjà disparu. Cela ne dure jamais. C'est une étincelle. Elle met le feu en toi. J'ai découvert cela à quarante ans. »

Kajanef était très soucieux de son élégance. Il soignait un profil d'aigle qui le faisait ressembler à Roger Vailland, prêt à séduire. Ce jour-là, un pli nouveau barrait son front.

« J'ai croisé mon père dans le miroir il y a vingt ans. Tu imagines comme j'ai changé depuis. »

Taro devinait quelle inquiétude rongeait son ami. Il lança une diversion.

« Comment va Museau ?

— Il reste tout petit. »

Taro s'était brouillé avec lui à la suite d'un voyage à Londres. Il l'avait accompagné pour interviewer Lorin Maazel. Il avait la responsabilité des notes et du magnétophone. Ne parlant pas anglais, il avait délaissé celles-ci et tout misé sur celui-là. Dans l'avion du retour, il avait réalisé qu'il avait oublié les piles. Le lendemain, il était viré.

« Je voulais te proposer quelque chose », hasarda-t-il.

Il ouvrit le manuscrit d'Auguste Martin.

« C'est un roman qu'il faudrait reprendre.

— Pourquoi ne le fais-tu pas ?

— Tu le sais très bien, répondit Taro.

— Posons d'abord les choses simples, proposa Kajanef. Tu refuses de faire un roman qu'on t'a confié, et moi, je n'ai pas envie d'écrire sur la diplomatie française. »

Taro admit le constat.

« Connais-tu quelque chose au Moyen-Orient ?... Notre homme en parle beaucoup.

— J'ai commencé ma carrière négrophile par une histoire générale de l'Islam en douze tomes... Douze fascicules pour lesquels j'avais une armée d'historiens à ma disposition. »

Il s'en était vendu une centaine. Le reliquat avait

été gracieusement offert aux passagers voyageant en première classe sur Iran Air.

« Tu veux qu'on échange ? »

Kajanef dévisageait Taro avec un franc sourire.

« C'est une sacrée blague qu'on ferait à Museau.

— Il le saurait ?

— Non. On garderait ça pour nous. »

Taro rit à son tour. L'homme qui avait tenté de les diviser pour mieux régner sur eux serait le dindon d'une farce dont il ignorerait tout !

« Formidable ! Je prends le Moyen-Orient, tu t'occupes du roman ! »

Cela, il n'avait encore jamais fait : changer de livre avec un autre ! Descendre d'un degré encore dans la clandestinité !

Après en avoir beaucoup ri, ils examinèrent les aspects pratiques du tour de passe-passe et réglèrent en dix minutes les questions de méthode. Rien ne serait dit, rien n'apparaîtrait. Taro conserva l'enveloppe d'Auguste Martin, et Kajanef l'avance reçue pour le livre du haut fonctionnaire. Celui-ci devant être publié dans des délais très brefs, la totalité des entretiens décryptés n'était pas encore parvenue à Kajanef. Il les transmettrait au fur et à mesure à Taro, qui les introduirait dans les différents chapitres.

« Venons-en à Coco Mademoiselle, proposa Kajanef après qu'ils eurent précisé toutes les modalités de l'échange de flambeaux. Peux-tu te désister ?

— Non.

— Si tu rembourses ?

— La somme est trop importante.

— Alors accepte », lâcha Kajanef d'un ton résolu.

Taro s'empourpra.

« Tu n'arrives pas à écrire ton roman. Commence par celui d'un autre. Peut-être cela te débloquera-t-il.

— Jamais. »

Taro ramassa le script sans un mot, puis il s'inclina froidement devant Kajanef. Il sortit sur la place. La nuit était tombée. Il alluma son baladeur, garda Ferré, échangea le cafard de Verlaine contre la fureur de Rimbaud :

> *Seigneur, quand froide est la prairie,*
> *Quand, dans les hameaux abattus,*
> *Les longs angélus se sont tus...*
> *Sur la nature défleurie*
> *Faites s'abattre des grands cieux*
> *Les chers corbeaux délicieux.*

Le soir, il lut les deux cent trente et un feuillets du script. L'entretien s'arrêtait brutalement sur une question posée par l'interviewer à laquelle le haut fonctionnaire promettait de répondre lors de leur prochain rendez-vous.

Taro téléphona à Kajanef.

« Quand auras-tu la suite ?

— Je crois qu'ils se voient une fois par semaine.

— Qui décrypte ?

— Je ne sais pas.

— Tu as lu le texte ?

— Bien sûr.

— C'est pour cela que tu me l'as donné ?

— Evidemment. »

Kajanef connaissait bien son ami.

Ils laissèrent fuir le silence. Puis Taro demanda :

« Pourquoi voulais-tu que je fasse ce livre ?

— Pour que tu changes de colère.

— Ce n'est pas de la colère. C'est du chagrin.

— Et même de la détresse », repartit Kajanef.

Taro ne supportait pas qu'on eût de la peine pour

lui. Cela lui faisait un pli au menton et des zébrures dans la voix. Il ne parla plus.

Après avoir raccroché, il relut les dernières lignes du script :

— ... Nous y arrivons donc. Comme je vous l'ai dit, il s'agit du pire de tous les scandales qu'il m'ait été donné de toucher du doigt en vingt ans de carrière. De loin, le pire de tous... Pour moi, il commence par un simple coup de téléphone. Nous sommes le 7 mars 1986. L'ambassadeur de France à Tunis dîne chez des amis. Je sais où il se trouve pour l'avoir contacté deux heures plus tôt. Il est à table quand on vient le chercher : il est demandé au téléphone. Il s'éclipse, s'enferme dans une pièce et décroche. Devinez qui est à l'autre bout du fil.

[Ici, le décrypteur introduisait un commentaire interrogatif de Museau.]

— Rappelez-vous qu'on est à quelques jours seulement des élections législatives en France, et que les otages ont été enlevés depuis plus d'un an au Liban ! Carton et Fontaine, depuis le 22 mars 85, et Kauffmann et Seurat depuis le 22 mai ! On vient d'apprendre la mort de Michel Seurat, et tous les soirs, à la télé, la bobine des otages rappelle aux Français qu'ils sont toujours aux mains du Djihad, en plein Beyrouth ! Quelques heures encore, et ce sont les journalistes d'Antenne 2 qui vont passer à la trappe… Donc, l'ambassadeur s'est enfermé dans un bureau, chez des amis, pour téléphoner tranquillement. Il se doute bien que si on l'appelle ici et à cette heure, c'est qu'il y a urgence. Il décroche, et sur qui tombe-t-il ?

— …

— Le Président ! Le Président lui-même ! François Mitterrand est bouleversé par la mort de Michel Seurat, et aussi, il faut bien le dire, par la perspective des élections qui s'annoncent comme une Bérézina pour la gauche. Alors il se démène pour les otages. Il demande à notre ambassadeur de rencontrer Yasser Arafat. Arafat, rappelez-vous, a installé le siège de l'OLP à Tunis. Il a été viré de partout, et il est là. A Tunis. Mitterrand se dit que c'est peut-être la dernière chance. Il a envoyé des émissaires dans tout le monde arabe, partout, sans aucun résultat. Alors il demande à notre ambassadeur d'essayer le plan OLP. Et pas seulement : il fait dire aux autorités tunisiennes que si elles nous aident, et si, grâce à Arafat et à elles, les otages sont libérés, ils le seront à Tunis. Vous voyez le cadeau ? C'est tout bénéfice pour Bourguiba… Oui, c'était encore Bourguiba.

— L'ambassadeur a donc vu Yusser Arafat ?

L'entretien s'arrêtait là. Taro le lut trois fois. Il était comme l'homme qui court : stoppé en plein élan. Il comprima sa respiration et s'obligea à attendre le soir pour monter à l'étage. Il se promit qu'il n'irait pas avant. Il se promit qu'il jetterait son travail des nuits précédentes, toutes les nuits depuis tant d'années, s'il manquait à cette promesse.

Il s'assit à la table, au troisième étage, et se concentra sur les premières pages du script. Le dactylographe avait respecté les règles anciennes de calibrage. Les feuillets comptaient exactement vingt-cinq lignes de soixante signes. Taro rassembla les dix premiers et commença d'écrire.

A vingt et une heures, il avait fini. Il reprit cinq feuillets et s'obligea à poursuivre. Le haut fonctionnaire connaissait bien l'Afrique. Dans ce qui deviendrait sans doute le premier chapitre du livre, il racontait comment, en 1994, le ministre de l'Intérieur, Charles Pasqua, avait négocié avec les autorités soudanaises la livraison de Ilich Ramírez Sánchez contre la livraison de matériel militaire, des photos satellite et un double droit de passage – par l'est de la République centrafricaine et le nord-est du Zaïre –, tout cela afin d'écraser une rébellion dans le sud du pays. Ilich Ramírez Sánchez, Carlos de son nom de guerre, avait été donné à la DGSE par la CIA, qui avait refusé que les autorités de Khartoum leur livrent un autre homme qui passait par là et auquel nul ne s'intéressait à l'époque : Oussama Ben Laden.

Taro acheva le chapitre à l'hôpital Ibn Khaldoun où Ilich Ramírez Sánchez venait d'être opéré. A trois heures du matin, dix hommes masqués lui injectèrent une solide dose de tranquillisant dans la cuisse. Le Falcon dépêché par le Glam décolla cinquante minutes plus tard.

A vingt-trois heures, Taro éteignit l'ordinateur et monta. Ses tentatives d'écriture étaient enfermées dans des dossiers dont le plus ancien datait de 1985. Il le prit et chercha la page originelle. Elle racontait cette journée du 19 décembre 1984, au Liban. Il avait retrouvé Vétiver, qui chantait pour le Lycée français de Beyrouth. Elle avait quitté Paris fâchée. Dix jours après son départ, il avait reçu d'elle une lettre le suppliant de la rejoindre. Il ne savait pas résister à ses appels.

Il avait pris l'avion du matin. Elle était venue le chercher à l'aéroport. Il ne s'était jamais trouvé dans un pays en guerre. La violence l'avait saisi à la gorge au passage de la douane, avant même qu'il eût présenté ses papiers. A cause des armes, peut-être, de la jeunesse de ceux qui les exhibaient, qui n'étaient pas toujours des soldats. Une brutalité sourde, aussi, perceptible à une manière de s'épier, de se surveiller.

Taro s'était arrêté devant un couple enlacé, très beau, une femme jeune, un homme plus âgé, observés par deux enfants, les leurs, certainement. L'homme avait un sourire magnifique : clair et généreux. Il essayait de rassurer la femme, qui avait peur en avion. Comme Taro passait près d'eux, il avait entendu l'homme prononcer une phrase qu'il n'avait jamais oubliée : *Rappelle-toi, mon amour : le sillage argenté d'un avion, c'est comme une ligne de vie sur la peau du ciel.*

Il s'était éloigné. Il les avait revus quelques minutes plus tard, au moment où Vétiver arrivait, elle avec ses enfants d'un côté de la vitre de la salle d'embarquement, lui en face, les mains plaquées sur la transparence, criant pour qu'elle l'entendît : « Je serai là à Noël. »

Elle partait pour Paris sur un vol Air France.

Surgissant de la douane, Vétiver s'était jetée dans les bras de Taro. Pour leurs sixièmes retrouvailles en huit ans. Elle l'avait entraîné vers les lavabos, et ils avaient baisé là, aussitôt, enfermés entre quatre cloisons ouvertes sur le toit d'un monde démoli.

Il avait revu l'homme à la sortie de l'aéroport. Il conduisait une voiture ornée d'un caducée. Leur taxi l'avait dépassé. Ils avaient roulé sur une route bordée de camps de transit, d'immeubles éventrés, de carcasses incendiées. Des camions emplis de fedayin et de miliciens les avaient croisés. Ils avaient présenté leurs papiers à plusieurs barrages. La guerre était partout, depuis dix ans. Vétiver avait peur. Elle aimait cette peur. Elle voulait rester.

L'événement s'était produit un peu plus tard, dans le centre de Beyrouth. Ils marchaient sur le trottoir. Devant eux, loin, venait un homme courant. Il portait une serviette à la main. Il la lâcha. Son visage était déformé par l'effort et la panique : rouge granit, le front barré par une tumescence, l'œil noir, irisé. Il appelait à l'aide : *Help ! Help !* Trois jeunes gens le poursuivaient. L'un d'eux tenait une kalachnikov à la main. Un autre faisait tournoyer un lasso au-dessus de lui. Quand il fut à cinq mètres, Taro reconnut le médecin. Leurs regards se croisèrent. Taro n'oublierait jamais. Le médecin le bouscula, fonçant toujours. Il porta sa main à son cou, arracha une chaînette qui tomba à dix pas. L'un des jeunes Libanais s'arrêta, braquant sa kalachnikov sur les passants pour les empêcher d'intervenir. L'autre lança la corde tandis que le troisième se précipitait sur le médecin, pris au lasso, tombé à terre. Il fut emmené, loin. Taro se baissa, prit la chaînette, l'enferma dans sa main, elle et l'étoile de David dont le médecin s'était défait avant d'être pris. Un homme courant dont Taro, depuis, désespérément, s'efforçait d'écrire l'histoire.

Il n'avait pas commencé le premier jour. Ni même la première semaine. Il avait attendu d'être rentré à Paris, et l'avait fait parce que cette vision de l'homme courant le hantait. Il avait essayé de s'en débarrasser ainsi, faute de disposer d'un outil plus approprié. S'il avait su peindre, il eût certainement jeté son cauchemar comme une tache sur la toile, une tache ou un sanglot qu'il eût contemplé comme il regardait *Le Cri* de Munch, le soir, avant d'errer sur ses pages. Il eût également composé une chanson pour Vétiver, peut-être, s'ils s'étaient revus. Ou un poème. Mais c'était un livre. Pour une raison qu'il avait fini par comprendre, après s'être douloureusement interrogé : il voulait redonner vie à l'homme étranglé devant lui. Commencer dans cet aéroport fissuré par les balles et finir plus tard, dans l'invention d'un lendemain radieux, quand l'homme et la femme se seraient retrouvés autour de leurs enfants. Leur rendre ce qu'ils offraient aux regards un peu attentifs, ce jour-là, 19 décembre 1984, à Beyrouth. Un homme de cinquante ans, avait-il écrit et réécrit, le cheveu gris, une barbe taillée court, les mains posées sur les épaules de sa femme.

Il l'avait appelé Gad. Gad la dévisageait intensément. Il la rassurait toujours ainsi, comme s'il fixait la peur en l'immobilisant dans une étreinte hypnotique. Il avait un regard pâle, très doux, d'ailleurs c'était un homme très doux, très sûr, un médecin libanais qui avait appris le français pour parler à sa femme. Et il lui disait, avec un accent léger comme un soupir, qu'elle ne devait pas avoir peur, un Boeing ne s'écrase pas au-dessus du Liban, et pas au-dessus de la mer, nulle part, et, de toute façon, le sillage argenté d'un avion, c'est comme une ligne de vie sur la peau du ciel.

Il lui parlait comme à une enfant car il savait que la panique provoquait chez elle le besoin d'être bercée, de s'abandonner à une autorité calme. Elle avait vingt ans de moins que lui. Elle l'aimait comme elle n'avait jamais aimé aucun homme et cela ne l'aidait pas car, lui disait-elle, Si je meurs seule, j'ai peur, mais si je meurs à quatre, les enfants, toi et moi, j'ai atrocement mal, en plus de la peur.

Elle lui redit, avait-il écrit, J'ai atrocement mal, et il la prit contre lui sans plus parler. Elle s'appelait Anna. Ils s'étaient rencontrés à Paris un an avant la naissance de leur premier enfant. Elle était étudiante en architecture. Ils s'étaient mariés à Beyrouth. Elle revenait souvent en France voir ses parents, et il l'accompagnait toujours. C'était la première fois qu'elle rentrait seule. Il la rejoindrait la veille de Noël, quelques jours plus tard, quelques jours seulement.

Il la repoussa doucement car une voix féminine amplifiée par les haut-parleurs annonçait que les passagers pour Paris allaient embarquer. Il vit ses yeux bleus, comme un lavis sous la paupière, essuya le rimmel et les larmes mêlées, et il lui dit doucement qu'elle devait s'occuper des enfants, maintenant. Elle lui sourit en fermant bien la bouche, les joues arrondies, hocha la tête, désormais très assurée. Il embrassa les deux garçons. Elle les prit par la main et passa de l'autre côté de la vitre. Elle se retourna, le cherchant, mais elle ne le vit pas aussitôt car une jeune fille venait de se jeter dans les bras d'un type qui l'attendait devant la vitre. Gad se déplaça de quelques mètres. Il colla ses deux mains sur la transparence. Il cria qu'il serait là à Noël. Elle lui envoya un baiser de loin, demanda aux garçons de faire pareil, puis elle disparut derrière le sas des contrôles, et il resta là quelques instants encore, souriant magnifiquement, sans imaginer que plus jamais il ne les reverrait.

Ensuite, avait écrit Taro, il se dirigea vers le comptoir d'Air France où il réserva un vol pour Paris, le 23 décembre. Il sortit de l'aéroport sans un regard pour les militaires en treillis qui surveillaient les abords du bâtiment. Il monta dans sa voiture. Sur la route, il fut dépassé par un taxi dans lequel se trouvait le couple qu'il avait contourné devant la salle d'embarquement pour voir Anna et les enfants une dernière fois. Il roulait sur une route bordée de camps de transit, d'immeubles éventrés, de carcasses incendiées. Il croisa des camions emplis de fedayin et de miliciens. Il présenta ses papiers à plusieurs barrages. Au dernier, à trente kilomètres de l'aéroport, deux jeunes Arabes à moto attendaient. Ils le prirent en chasse. Gad ne remarqua rien. Il entra dans Beyrouth, se gara au centre, prit sa serviette de médecin et pénétra chez un cheikh francophile qu'il soignait depuis dix ans et dont le fils était malade. Il ausculta l'enfant, prescrivit un analgésique doux et sortit. Dans la rue, les deux Libanais à moto l'attendaient près de sa voiture. Un troisième les avait rejoints. Il portait une kalachnikov à l'épaule. Quand il les vit, Gad comprit aussitôt. Il tourna les talons sans même tenter de rejoindre sa voiture. Les autres le suivirent. Gad accéléra le pas. Il commença à courir. De plus en plus vite. Il se rctourna, vit l'un des poursuivants décrocher l'arme de son épaule, colla ses coudes au corps et fonça. Il parcourut cent mètres. Il abandonna sa serviette pour ne pas être gêné. Son cœur le déchirait tant il cognait. Il attendait le moment où une main le saisirait, bras ou cheveux, le ferait tomber, puis crever, plus tard, dans une prison souterraine. Il vit Anna et les enfants, en noir, puis il pensa que ce ne serait peut-être pas une main mais une balle, et il partit en zigzag tout en hurlant *Help !*

Help ! sans reconnaître sa voix. Il arracha l'étoile de David qu'il portait depuis l'enfance. Son regard était brouillé. Il courait sans plus se diriger. Il tomberait. Il allait mourir.

L'un des Libanais s'arrêta soudain, se retourna, promenant sa kalachnikov sur les passants pour les obliger à stopper. Son acolyte ralentit sa course. Il fit tournoyer un lasso au-dessus de lui. On entendit le sifflement de la corde, puis le ravisseur la lança adroitement plus loin, et elle s'enroula autour des épaules du médecin juif, qui tomba. L'homme courant, pris au lasso, déjà animal.

Taro avait écrit d'innombrables versions de sa rencontre avec Gad. Il ne connaissait rien de lui. Pas même son nom. Il n'avait fait que l'apercevoir. Il lui avait rendu la vie au fil de pages que personne n'avait lues, lui inventant une histoire comme il faisait si souvent pour ceux qui venaient le trouver. Il avait besoin de lui, besoin de le rejoindre chaque nuit, sur la page blanche de sa cage. Ainsi le sauvait-il. Il lui avait fabriqué une vie de reclus. Elle valait mieux qu'une pourriture attaquée par les vers. Il n'achevait pas le livre pour ne pas le condamner à mort. Plus il avançait, plus il s'approchait d'une fin qu'il voulait fuir. Comme s'il parcourait interminablement le même couloir pour ne pas entrer dans la pièce où l'attendait un catafalque qu'il lui reviendrait de fermer. Alors il faisait demi-tour. Il réécrivait, recomposait, décrivait les mêmes scènes sous des angles toujours différents. Lorsque sa main bloquait sur la page, c'était parce qu'il tournait autour d'un signe de mort. Il forçait parfois. Comme ce jour, très longtemps auparavant, où, décrivant Gad à l'aéroport, il avait écrit : *Elle lui envoya un baiser de loin, demanda aux garçons de faire pareil, puis elle disparut derrière le sas des contrôles, et il resta là quelques instants encore, souriant magnifiquement, sans imaginer que plus jamais il ne les reverrait.*

Il avait rayé les derniers mots. Changé la fin. Puis il l'avait reprise. Et gommée de nouveau. Ainsi au cours de ces innombrables nuits passées au chevet d'un homme que le destin avait placé sur son chemin et qu'il ne pouvait abandonner, sauf à le décapiter pour toujours.

Taro avait cherché à savoir. Après leur libération, il avait rencontré les anciens otages français et américains enlevés au Liban. A ces hommes qui avaient tant souffert, torturés et humiliés, suppliant et suppliciés, il avait posé la seule question qui comptât pour lui : le médecin juif courait-il toujours ?

On ne lui avait rien dit. Personne ne savait. Alors il attendait, assis à la porte de sa prison intérieure, le stylo braqué sur la feuille, comme le canon de la kalachnikov, quinze ans plus tôt, sur sa poitrine.

Il n'avait pas bougé.

Il était une fois deux auteurs écrivant sur deux collines séparées par une vallée. En bas, une jeune femme prenait le soleil. En haut, les deux écrivains s'observaient à la jumelle. L'un travaillait dans une sorte de transe que l'autre considérait comme la marque du génie à l'œuvre. Il enviait cette magie nourrie d'inspiration, lui qui peinait quotidiennement sur sa feuille. Cependant, celui qui entrelaçait les mots et les phrases avec grâce jalousait l'écrivain laborieux : une concentration si têtue était certainement le signe d'une création nécessaire et grandiose.

Lorsqu'ils eurent achevé leur livre, les deux écrivains le déposèrent entre les mains de la jeune femme qui prenait le soleil dans la vallée. Elle les lut. C'étaient les mêmes.

Chaque nuit, Taro se plaçait dans la peau de l'un des deux scribes dépeints par Italo Calvino. Mais qu'il fût l'un ou l'autre, alourdi par le sens ou dansant sur une légèreté illusoire, il peinait toujours derrière l'homme courant. Il tentait de se persuader que l'effort n'est pas contradictoire avec l'élan, la construction avec l'improvisation, l'ordre avec le désordre. Il recommençait. En vain. Quand il se couchait, l'aube pointant, il était malheureux.

Au réveil, il descendait dans la vallée du troisième étage pour se relire. Quelles que fussent les circonstances dans lesquelles il les avait écrites, ses pages se ressemblaient toutes. Taro ne parvenait pas à dépasser la silhouette du médecin. Pourquoi ? Comment faire ?

Il en était là, un matin, de ses réflexions littéraires, lorsque le téléphone se chargea de clore provisoirement ce chapitre.

Il reconnut aussitôt la voix.

« Vous pouvez venir maintenant ? »

Il objecta qu'il n'y avait pas vraiment urgence. Dans son esprit, il n'y en avait même aucune. Mais l'autre insista.

Il proposa le lendemain.

« Je préférerais aujourd'hui. Quinze heures. »

A quatorze heures quarante-cinq, il descendit à La Motte-Picquet-Grenelle, puis il prit la direction du Pont de Saint-Cloud, enfila sept stations jusqu'à la Porte d'Auteuil où il ressortit à l'air libre, enfin.

Il suivit une rue déserte, pénétra dans une villa dortoir faite de châteaux hantés par le silence et l'ennui. Il longea une allée aux pourtours gazonnés, obliqua sur la droite et s'arrêta devant un portail vert. Il était quinze heures moins deux minutes. Il observa les villas alentour. Elles étaient rococo, désuètes, majestueuses. Des hangars pour de vieux princes charmants pacsés à des princesses décaties.

« Blanche Nègre », songea-t-il.

Il sonna.

Elle ouvrit elle-même. Elle lui tendit une main sèche et l'entraîna aussitôt dans un petit salon donnant sur un jardin. Ils n'échangèrent aucun propos aimable. Elle portait une blouse légère boutonnée sur le devant. Elle l'invita à s'asseoir sur une chaise plantée devant un bureau, mais il choisit de rester debout. Le XP 453 tournait dans sa poche.

« Commençons par l'essentiel, proposa-t-elle. Voyez ce papier. »

Elle lui tendit une feuille. Tandis qu'il la découvrait, elle glissa dans le mauvais sens une cigarette dans un fume-cigarette griffé Dunhill. Elle l'alluma. Une âcre odeur de filtre se répandit dans la pièce. Elle écrasa l'engin fumigène dans un cendrier. Taro déchira la feuille.

« Ce n'était qu'un double ! » sourit-elle.

Elle ramassa les fragments et les déposa sur le bureau.

« Si l'original de ce document venait à disparaître, notre amie nous en referait un ! »

Taro était paralysé. Lié aux jambes, et la cervelle en ébullition.

« Vous la connaissez depuis longtemps ?

— Vingt ans. Elle m'a cédé ses droits… »

Un sourire éclaira ses lèvres parcheminées :

« … Ses droits sur vous. »

Elle alluma une nouvelle cigarette. Taro inhala une gorgée de feu.

« Pourquoi vous êtes-vous adressée à moi ?

— Votre réputation est solide.

— C'est vous qui avez proposé mon nom à l'éditeur qui nous a réunis ?

— Oui. Notre amie commune m'avait vanté vos talents.

— Coco Mademoiselle… »

Elle pouffa :

« Vous l'appelez ainsi ?

— C'est une manière de ne pas la nommer. »

Elle sourit :

« Nous sommes tous un peu innommables, n'est-ce pas ?

— Je ne vous le fais pas dire. »

Blanche Nègre expira une volute très ronde qu'elle suivit de l'index. Taro ignorait comment il se sortirait du piège dans lequel l'avait enfermé Coco Mademoiselle en transférant le contrat qui les liait tous deux.

« Quel est votre dernier livre édité ?

— Celui de Z. »

Blanche Nègre ouvrit un tiroir de son bureau, sortit un volume qu'elle lui montra : *Roman d'une victoire.* Signé par Z et lui-même. Elle tourna la première page.

« Il a été publié en 1999. Un an après la Coupe du monde de football. »

Il acquiesça froidement.

« C'est cela qui m'intéresse : Z. Le plus grand joueur du moment.

— Tout est dans le livre que vous tenez entre les mains.

— Non », objecta-t-elle.

Elle se leva et ouvrit la fenêtre. Une odeur d'herbe fraîchement coupée entra dans la pièce. Les branches inclinées d'un saule tamisaient le soleil de mai. Derrière le mur du jardin, dans un élan incontrôlé, l'église d'Auteuil attaquait le ciel clair.

« Je ne veux pas que vous refassiez le même livre. Je veux le roman du livre. L'arrière-cour. Avec du style, une manière, un souffle ! »

Elle s'envolait.

« Il nous faut un destin littéraire qui nous conduira au firmament du beau, du splendide et de l'inaccessible ! »

Taro préférait encore la froideur du jour aux guirlandes ampoulées de la première fois. Cependant, dans tous les cas, il détestait le pronom personnel qu'elle avait employé.

« *Nous* ? demanda-t-il.

— Vous et moi. Avec, pour ce qui vous concerne, une inversion des rôles.

— Pas tout à fait », ricana-t-il.

Alors qu'il n'avait pas encore été clairement formulé, il avait compris l'énoncé du sujet.

« En effet, concéda-t-elle. Ce sera une appropriation totale, sauf la dernière étape : celle de l'écriture.

— La plus importante.

— N'est-ce pas votre habitude que de vous effacer ?

— Enoncez donc la règle du jeu, suggéra-t-il froidement.

— Elle est très simple. Vous vous assiérez d'un côté du bureau, moi de l'autre, je vous poserai des questions sur Z, vous y répondrez et j'enregistrerai. Je vous donnerai les pages du décryptage, et vous en ferez un roman. »

Une mimique amusée passa sur ses lèvres.

« N'est-ce pas drôle ?

— Assez, reconnut Taro.

— Le jeu vous plaît-il ?

— Tout dépendra de la fin !

— Nous l'écrirons ensemble.

— Qui signera ?

— Moi.

— Sous quel nom ?

— Nous aviserons. »

Taro la dévisagea avec une expression qu'il voulut impersonnelle, mais qui traduisait une certaine admiration. Elle allait lui prendre sa vie avec Z. Il en ferait un roman. Elle le signerait. N'était-ce pas là l'aboutissement le plus parfait de son travail ?

Il regarda le grand saule qui bruissait derrière la fenêtre. Des nuages blanchâtres s'effilochaient dans le ciel.

« Je comprends vos réticences, reprit-elle avec une douceur chirurgicale. Mais nous devons en passer par là. »

Il n'aimait pas sa commisération. Elle lui semblait

particulièrement déplacée. Faute de pouvoir faire autrement, il accepterait peut-être de lui accorder la place qu'elle s'octroyait, mais refuserait tout rapport extérieur à leurs fonctions respectives.

« Avez-vous prévu un magnétophone ? demanda-t-il.

— Vous n'en possédez pas ?

— Je suis obligé de fournir la matière première, pas le matériel.

— Rassurez-vous : j'ai pensé à tout. »

Elle contourna le bureau et lui présenta le siège placé de l'autre côté.

« Asseyez-vous.

— Pas maintenant. »

Elle l'observa, impassible.

« Je n'ai pas prévu de passer la journée avec vous.

— Nous nous contenterons d'une petite heure. De toute façon, vous ne m'échapperez pas. »

Un tour d'horizon intérieur le persuada qu'il était bel et bien son prisonnier. Il prit place sur la chaise.

Elle se pencha et il entendit un petit bruit caractéristique qu'il eût reconnu entre mille autres.

« Nous commençons maintenant.

— Par l'histoire de cette usurpation que vous vous apprêtez à faire ?

— De cela, nous ne parlerons pas. »

Elle le poignarda d'un regard gris, froid.

« Ce serait un *casus belli* entre nous.

— Vous l'empêcheriez », dit-il, sarcastique.

Elle approuva.

« De quelle manière commenceriez-vous le livre ?

— Je ne sais pas.

— Forcez-vous.

— Je raconterais mes démarches pour obtenir un prêt bancaire. Ceci dans le but de rembourser Coco Mademoiselle.

— Je ne l'accepterais pas. Vous êtes sous contrat. »

Elle lui montra une table d'appoint placée sous la fenêtre : un plateau de verre dressé sur tréteaux. Une liasse de papier était posée devant un tabouret en plastique noir.

« Si vous préférez écrire directement, je vous ai préparé ce petit espace. Il est à vous.

— Je n'en ai pas besoin », fit-il.

Elle se pencha vers lui :

« Je vous écoute ».

Il réfléchit un court instant. Une vision lui vint. Il la décrivit :

« On commencerait sur une route de campagne. Dans les Yvelines. Une voiture filerait à travers un rideau d'arbres, tôt le matin, un jour de printemps. Elle ralentirait à l'entrée d'un village puis virerait devant un panneau indiquant *Clairefontaine*. Le conducteur suivrait un chemin creux et s'arrêterait devant une barrière. Un gardien s'approcherait. Le conducteur demanderait à voir Z. Il dirait : *Nous avons rendez-vous.* »

Elle l'écoutait avec attention.

« N'ayant pas été prévenu, l'autre refuserait de laisser passer la voiture. Le conducteur insisterait. En vain. Alors il s'embarquerait dans une marche arrière intrépide, changerait brutalement de cap, foncerait sur les plates-bandes des bas-côtés, arrachant la barrière au passage. Dans le rétroviseur, il verrait voler des éclats de bois rouge et blanc. Il penserait : *Cours, camarade, le vieux monde est derrière toi.* »

Elle acquiesça d'une oscillation du menton. La cendre de sa cigarette tomba, formant un dôme clair sur le buvard du bureau.

« Cela s'est-il vraiment passé ainsi ?

— A peu près. »

Il se tut.

« Je voudrais vous faire une suggestion pour la suite… »

Il n'eut pas le temps de répondre qu'elle l'avait déjà énoncée :

« Continuez sur la voiture arrivant dans le parc de Clairefontaine.

— Non », répliqua-t-il.

Il planta son regard dans ses yeux gris, marquant son autorité.

« Si j'étais metteur en scène, je couperais après la barrière volant en éclats et je reprendrais très en amont.

— Quand ?

— A Paris, par un matin d'automne. »

Elle inclina la tête, feignit de réfléchir, et lâcha :

« Essayez. »

A Paris, par un matin d'automne, Taro était assis dans un café proche de l'Etoile, face à un gymnaste venu du Sud pour lui proposer d'écrire un livre avec Z. Le jeune homme portait un T-shirt crocodilisé vert, un jean bleu pâle, des baskets jantes larges. Il était bras nus. La dentition impeccable, le sourire idoine, le cheveu noir brillant. Sympathique, hygiénique : un sportif en civil. Il buvait un Perrier rondelle.

Engoncé dans un col roulé épais, les mains plongées dans les poches de son duffle-coat, Taro l'observait, pensant quelquc chose du genre : Les sportifs ont chaud, les intellos ont froid. Il émit fugitivement quelques regrets intérieurs : il eût aimé lire Kant en joggant le matin dans les jardins publics.

Il se pencha vers son vis-à-vis et lui demanda pourquoi il avait pensé à lui pour ce livre sur Z.

« Avec Z, rectifia le jeune homme.

— Avec Z », consentit Taro.

« On a lu une interview publiée récemment dans la presse. Vous étiez présenté comme... comme...

— Nègre.
— Oui, c'est ce mot-là.
— Qui est *on* ?
— Un intermédiaire.
— Et vous ?
— L'intermédiaire de l'intermédiaire. »

Le jeune homme regardait Taro avec une sorte d'espoir dans les yeux, comme s'il attendait qu'une main secourable vînt le hisser hors du marécage dans lequel il s'enfonçait.

« Je ne connais pas grand-chose au monde des… des… »

Taro le laissa seul.

« … Des nègres », balbutia le sportif en modulant sa voix entre bas et silence.

Il reprit sa respiration et posa une question concrète :

« Accepteriez-vous de m'en dire un peu plus ?

— Appelez-les Noirs, si ce terme de *nègre* vous heurte, conseilla Taro. Les Noirs trempent leur porte-plume dans l'encrier des Blancs. Ils sont leur scribe. Ils racontent des vies ou des expériences qu'ils acquièrent au fil de la plume.

— Vous pourriez écrire sur le football ?… Vous seriez le Noir, et le footballeur, le Blanc… »

Taro réfléchit un court instant avant de dire que non, il ne pourrait pas.

L'autre le regardait avec curiosité.

« Je n'ai jamais fait de livre sur le sport.

— Pourquoi ?

— Je ne sais pas décrire un homme qui court.

— Ce n'est pourtant pas si difficile…

— Pour moi, si. »

Il commanda un pastis.

« Un footballeur ne fait pas de course à pied, tenta le jeune homme. Il court derrière un ballon, c'est tout.

— Vous voulez dire qu'il n'est pas poursuivi ?

— Le ballon plus que lui. »

Taro avala son pastis d'un trait.

« Vous avez sans doute raison. »

Il tenta de se représenter un footballeur suivant un ballon, et il y parvint. Ce n'était pas la même chose.

« Oui, concéda-t-il. Je pourrais peut-être.

— De toute façon, c'est un détail, apprécia le jeune sportif.

— Pour moi, il est déterminant.

— Ce n'est pas vous qui déciderez.

— Si, affirma Taro. En dernière analyse, c'est toujours moi qui choisis. »

Il posa son verre et se leva.

« On se recontacte ? proposa le jeune homme.

— *On* ? » questionna Taro en souriant.

Il fila sans attendre la réponse.

Il croisa Z sur le trottoir. Z lui adressa un sourire fendu Dior. Il portait un col roulé noir remonté sur le bas du visage. Naguère, Taro s'était lui aussi parfumé à l'*Eau sauvage*. Chaque femme est un parfum. Chaque femme veut le sien. C'est la marque de l'histoire. Eau Sauvage souhaitait trois enfants. Elle en eut deux, avec un autre. Taro n'aime pas les enfants : ils font du bruit et empêchent d'écrire.

Un autre jour, Taro se présenta au bureau de Laure. Il ne s'était pas annoncé. Elle marqua une surprise joyeuse, consulta sa montre et décida qu'il était temps de partir.

Ils prirent un taxi jusqu'à la Butte aux Cailles, où elle habitait. Dans sa boîte aux lettres, la jeune fille découvrit une enveloppe rose qui ne s'y trouvait pas le matin. Elle contenait un dessin pornographique tracé sur un buvard. Ce dessin montrait une jeune fille nue assise devant un ordinateur. Ses mains jouaient sur le clavier de son corps sous le regard intéressé d'un jeune homme qui l'observait depuis l'écran, nu lui aussi, la verge tendue comme un point d'exclamation.

« Il ressemble à un type qui travaille avec moi », commenta Laure.

Elle chercha son nom sans parvenir à mettre la main sur Claude Vizir.

Au deuxième étage, dans la chambre ouvrant sur un petit salon de douze mètres carrés contigu à une cuisine américaine équipée où la jeune fille préparait d'admirables cocktails,

après avoir chaleureusement approuvé la suggestion émise par la maîtresse (de maison) et en avoir mesuré les implications immédiates,

tandis qu'elle déplaçait un fauteuil à oreillettes pour le disposer dans l'axe d'un miroir accroché au-dessus du lit,

s'étant assuré qu'ils se voyaient l'un l'autre sans gêne ni zone obscure,

comme elle présentait ses reins et agrippait fermement les montants du fauteuil tout en décrivant le voyeur qui les surveillait depuis un écran d'ordinateur invisible,

Taro déboutonna le chemisier, fit sauter l'agrafe du pouce et de l'index, recueillit le sein lourd dans sa main, puis, saisissant les hanches d'une double poigne parfaitement assurée, il se libéra d'une poussée brutale qui les enflamma tous deux.

Elle le mordit.

C'était la main gauche.

Ils dînèrent au *Temps des cerises*, restaurant communautaire. Taro décela un intérêt dans l'œil de Laure. Il demanda qui. Elle répondit Cherche.

« Ici ? » questionna-t-il.

Elle approuva. Il regarda. A la réception des entrées, il proposa de dresser un portrait-robot de la personne concernée.

« Si je me trompe, tu m'invites. »

Il ne se tromperait pas.

« Blond, grand, petit cul, modasse, belle gueule.
— Vague, tempéra-t-elle.
— Pantalon moulant, débardeur, boucle à l'oreille droite.
— Tu chauffes.
— *One,* de Calvin Klein.
— Tu brûles.
— Pas moi : toi.
— Ce n'est pas cela », dit-elle.

Il choqua son verre contre le sien. Il avait distingué le jeune serveur en suivant le regard de Laure.

« Chaque soir, il drague une fille avec autant d'aplomb que toi le soir de notre première rencontre. Et il l'emmène. »

Elle souleva une mèche brune, la glissa derrière l'oreille puis soutint son menton entre ses deux mains déployées.

« Je me demande comment vous faites.
— C'est toi qui m'as appelé.
— C'est vrai », reconnut-elle.

Il l'avait raccompagnée après qu'ils eurent quitté le canapé de leurs amis communs. Elle ne l'avait pas invité à monter. Ils s'étaient civilement embrassés à la portière du taxi. Il songeait Peut-être, et elle, Certainement. Le surlendemain, elle l'avait appelé : le soir, vers dix heures. Il était arrivé vingt minutes plus tard. Ils avaient aussitôt vérifié la convergence des points de vue : il avait pris ses lèvres sur le palier, puis elle, dans la chambre, sans tarder.

« Je ne savais pas quel genre d'histoire nous fabriquerions ensemble », dit-elle.

Pied droit, pied gauche, zip.

Il admit que lui non plus.

« Zip », murmura-t-elle sans qu'il l'entendît.

Les lampes égayaient son regard. Il lui demanda vers qui ou vers quoi allaient ses pensées. Elle mentit :

« John Wifeman.

— Incroyable ! fit-il.

— Je ne savais pas que c'était elle qui se cachait sous cette identité. L'éditeur me l'a dit cinq minutes avant ton arrivée. Je suis tombée dans un guet-apens. Excuse-moi. »

Il lui dit qu'il l'avait revue. Elle refusa de le croire.

« J'y étais obligé. »

Il lui raconta la transmission des contrats.

« Cette femme est double, et pas seulement dans le choix de ses pseudos. Au Champ-de-Mars, la première fois, elle singeait l'expression artistique. C'était outrancier.

— C'était surtout stupide.

— Elle est démoniaque, intelligente et beaucoup plus mesurée que ce qu'elle donnait à voir ce jour-là.

— Tu ne vas quand même pas écrire son bouquin ! »

Laure le dévisageait, stupéfaite.

« Ce n'est pas moi qui l'intéresse, mais Z. Ou plutôt, Z dans le rapport Blanc/Noir.

— Tu cherches une raison pour accepter ?

— Une idée, seulement. Une ligne qui me permettrait de détourner le lit de son fleuve.

— Pour le mener où ?

— Chez moi. »

Elle lui demanda pourquoi il avait refusé *Little Italy.* Il répondit qu'il n'acceptait pas plus les romans que les biographies romancées. Fût-ce celle d'un mafioso italien repenti.

« C'est pur orgueil, assura-t-elle. Tu veux bien accoler ton nom… »

Il la coupa :

« Je ne signe jamais. Sauf une fois.

— Orgueil encore, répéta-t-elle.

— Si j'écrivais un roman, je le signerais. Autrement, non. Le roman suppose un auteur, un imaginaire, une création.

— Que des grands mots ! se moqua Laure. Quand un éditeur paie un nègre pour écrire un roman signé par un autre, c'est seulement pour gagner du fric. Comme ceux qui te paient pour écrire les mémoires d'un chanteur à deux balles.

— Pour deux balles, aucun éditeur n'y va. Il faut qu'il en vaille au moins cent.

— C'est exactement ce que je te dis. Je ne vois pas où est la différence entre ça et un roman.

— Personne ne triche et nul n'est dupe. Chacun sait que Johnny n'écrirait pas un livre lui-même. »

Elle le regarda avec admiration :

« Tu as écrit pour Johnny ?

— Non.

— Pour qui alors ?

— Je ne le dis pas. »

Elle minauda :

« Même à moi ?

— A personne. »

Elle se ferma.

« Tu ne viendras plus jamais chez moi. »

Il glissa sa main derrière sa nuque, l'attira vers lui et chuchota un nom à son oreille. Son regard s'éveilla à peine.

« Ça ne vaut qu'un baiser... sans la langue. »

Il prononça un autre nom.

« Avec. »

Au troisième, après qu'il eut défait sa chaussure droite, elle l'autorisa à glisser son pied nu le long de ses jambes.

« La première fois, dit-elle, je me demandais si notre histoire en resterait au délaçage de mes souliers et à la fermeture Eclair de ma robe, ou si tu grandirais jusqu'à mon cœur.

— Et puis ?

— Et puis je ne sais toujours pas. »

Il l'embrassa légèrement sur le dos de la main.

« Te souviens-tu de la première fois ? »

Il dit qu'il était très attentif aux premières fois. Les premières fois indiquent toujours la direction des choses.

« Souvent, ça ne marche pas, objecta Laure.

— Oui, mais on mesure les inhibitions et le plaisir. Donc le langage. Ce langage-là.

— Moi ? demanda-t-elle. Moi, la première fois ?

— Gauchère. »

Le talon appuyait sur l'élastique gaufré du bas. Le métatarse coiffait l'extrême douceur de la peau, avant le pli de l'aine. Il aimait ce creux, doux comme un sot-l'y-laisse.

« Cette théorie des premières fois vaut aussi pour les engueulades. »

Elle réfléchit et convint que cela semblait assez juste.

« Dans mon cas au moins.

— Dans tous les cas », dit-il.

Il s'était fixé pour règle de ne jamais négliger les premières fois. L'amour et les disputes. Il lisait en elles comme d'autres lisent dans le marc de café. L'avenir se découvre dans les premières fois. Aucune des histoires de sa vie n'avait contredit ce théorème.

Le serveur apporta les plats qu'ils avaient commandés. Taro n'avait pas dégagé son pied.

Elle lui prit la main.

« J'aime ta voix. Parle-moi. »

Elle s'accouda et recueillit son visage entre ses paumes.

« Je voudrais dormir chez toi. »

Il secoua la tête.

« Pas ce soir.

— Ni aucun soir ? »

Elle n'avait jamais passé la nuit dans la maison du passage.

« Pourtant, il faudra peut-être que tu me recueilles un jour dans ton lit. J'ai reçu un avis de mon propriétaire : j'ai six mois pour partir.

— Ça me laisse six mois pour m'habituer à l'idée.

— L'idée est si terrible ?

— Je suis insomniaque. Je bouge, je me lève, je lis, je mets de la musique. C'est insupportable pour l'autre. »

Aucune ne savait. Il ne parvenait pas à dissimuler l'impatience qui le gagnait la nuit venue. Il se produisait toujours un moment où, comme un souffle se raréfiant, l'amplitude manquait au paysage l'environnant. Il lui fallait alors ramener son pied dans sa chaussure, prendre un café, demander l'addition, régler, se lever et partir.

Tourner la page.

Ils le ficelèrent avec la corde du lasso, lui enfournèrent un bâillon dans la bouche et l'emportèrent jusqu'à une Mercedes qui attendait à l'écart.

Gad fut poussé dans la voiture. On le força à s'allonger sur le plancher. Deux des hommes montèrent à l'arrière. Le troisième s'assit à côté du chauffeur. La Mercedes démarra dans un crissement de pneus, vira en klaxonnant dans la rue Hamra, passa devant l'hôtel Marly, tourna à gauche jusqu'au Collège protestant, se perdit dans un dédale que Gad, malgré tous ses efforts, ne reconnut pas. La chaussure de l'un de ses ravisseurs était posée sur sa joue. Le canon d'une kalachnikov pesait à la base de son cou et lui faisait mal. L'air puait l'essence et la panique. En perdant le fil de la route, Gad avait laissé échapper l'unique maîtrise qui lui restait sur les événements et sur lui-même. Il n'avait plus de boussole. Il était comme son cœur, affolé.

La Mercedes obliqua brusquement sur la droite, s'arrêta quelques secondes puis repartit. Une odeur de gaz brûlés et de vieux caoutchouc envahit l'habitacle. La voiture descendit en spirale, les pneus grinçant sur un asphalte lisse comme la soie. On dégringolait les niveaux d'un parking souterrain. Une minute encore, et la Mercedes pila. Trois hommes se saisirent du prisonnier et le poussèrent dehors.

« Descends ! » commanda l'un d'eux.

Il avait parlé en arabe.

« Le trou, plus bas ! »

On l'obligea à se pencher. Il aperçut l'ouverture d'un soupirail. L'un des ravisseurs s'était glissé dedans. Il saisit ses jambes et l'attira sur la pente caillouteuse. Ses coudes ripèrent sur une argile granuleuse. Sa chemise se déchira. Une poigne l'attrapa au bas de la descente, et il fut poussé en avant, dans un couloir étroit, terreux. La lumière provenait de quelques ampoules électriques qui pendaient d'un fil partiellement dénudé courant au plafond. Gad entendait des pas derrière lui. Il ne savait pas qui le menait, ni où on le conduisait.

Ils parvinrent à une porte métallique. Le prisonnier fut projeté contre le mur tandis que l'un des hommes qui le suivaient frappait sur la cloison avec la crosse d'une arme. Il prononça quelques mots en arabe. La porte s'ouvrit. La lumière du jour brûla le regard du médecin. Il se trouvait dans le hall d'un immeuble, probablement, d'après la qualité du ciel, non loin du front de mer. Un groupe de combattants patrouillaient entre le trottoir et l'ascenseur. Ils portaient des tenues dépareillées où le vert et le brun dominaient. Certains étaient coiffés de chapeaux de brousse à large visière. Les Palestiniens se reconnaissaient à leur keffieh. Il n'y avait pas de femmes.

Gad fut escorté dans les escaliers. L'un de ceux qui l'entouraient portait la serviette qu'il avait abandonnée dans sa course. Il lui sembla qu'on le traitait mieux – c'est-à-dire qu'on le maltraitait moins. Il fut poussé dans un appartement vide. La mer apparaissait, tel un mirage bleu, au-delà de larges baies vitrées. Très haut, un avion filait vers le sud.

Gad s'obligea à regarder l'homme devant lequel on l'avait conduit. Il était allongé sur une civière, elle-même posée au centre d'une table entourée par six individus en treillis. Tous portaient une kalachnikov en bandoulière. Ils s'écartèrent pour laisser approcher le médecin. Le blessé était un des leurs. Peut-être leur chef. Il avait le regard vague. Son teint était cireux. Il transpirait abondamment. Au premier regard, Gad comprit qu'il ne le sauverait pas.

Il souleva la couverture. Une balle avait fait exploser la gorge. Une autre était logée dans l'épaule. Une troisième avait emporté le genou à hauteur de la rotule. Les deux mains étaient en sang. L'homme vivrait deux heures.

Gad regarda l'un de ceux qui veillaient le blessé. Il secoua lentement la tête. Il ne proposa même pas d'administrer de la morphine : l'homme était au-delà de la souffrance. Il dit qu'il n'y avait aucune chance. Il comprit, au regard rendu, qu'en cette minute il n'était ni un ennemi, ni un otage ou un prisonnier. On l'avait probablement enlevé pour qu'il sauvât ce chef de guerre, mais maintenant qu'il se trouvait là, solidaire par la force de sa fonction, il eût pu aussi bien être raccompagné chez lui plutôt que, comme cela se passa, renvoyé entre les mains de ceux qui l'avaient pris, saisi par le cou, poussé dans le hall de l'immeuble puis au-delà de la porte métallique, précipité dans une ancienne cave transformée en geôle, et enfermé.

Il s'endormit sur une paillasse disposée dans l'angle de la cave. Un ventilateur ordonnait le mouvement de ses pales en un grincement régulier.

La nuit, il fit froid. A l'aube, Gad reçut la visite de l'individu qui l'avait pris au lasso. Le jeune homme lui ordonna de se lever. Il le fouilla. Il lui prit sa montre, son portefeuille et son argent. Il regarda attentivement le billet d'avion que le médecin avait acheté pour se rendre à Paris la veille de Noël. Il rit avant de le déchirer. Les morceaux s'éparpillèrent sur le sol comme une pluie d'hiver.

« Qu'attendez-vous de moi ? » demanda le médecin en arabe.

Le jeune homme le dévisagea avec un sourire noir.

« Que tu sauves nos morts. »

Il leva le tranchant de la main puis l'abaissa vivement en disant que ce serait ainsi, et pas autrement.

Il s'en fut.

Le lendemain, un hadj le remplaça.

« Soigne nos blessés et tu auras la vie sauve », dit-il.

Gad dit qu'il exercerait sa mission s'il était autorisé à écrire à sa femme et si elle recevait ses lettres.

Le troisième jour, il obtint ce qu'il avait demandé : des enveloppes, du papier et un crayon. Claquant des dents, appuyé contre la terre battue des murs, un mauvais bloc posé sur ses genoux, il écrivit :

Ma chérie…

Je serai un peu en retard.

Je comprends aujourd'hui la peur qui t'étouffe quand tu prends l'avion ; quand tu ne commandes plus à rien et que l'enfer se dessine derrière un ancien soleil…

Il se souvint de l'avion qui survolait la terre, dans le grand salon où le chef de guerre allait mourir. Cet avion qui emmenait peut-être sa femme et ses enfants au loin, et dont le sillage argenté dessinait comme une ligne de vie sur la peau du ciel.

Tôt le matin, Taro fut réveillé par un appel téléphonique. Il avait passé la nuit à Beyrouth. Il ne reconnut pas aussitôt la voix pleine d'allant et d'énergie du jeune sportif crocodilisé vert qu'il avait rencontré quelques jours plus tôt dans un café des Champs-Elysées.

« L'agent de Z voudrait vous voir. »

Quand il n'écrivait pas pour lui-même, Taro ordonnait ses neurones assez vite. Il demanda quand, où, qui.

A onze heures trente, il se mit en route. A midi, il poussait la porte d'un étrange bureau situé près de la place de l'Etoile pour y rencontrer Monsieur Freddy Borgne.

On le fit asseoir sur un canapé en Skaï orange, dans une sorte d'antichambre où des journaux proposaient de tout découvrir pour mieux comprendre Z. Z, suspendu en pied, face, dos, profil, sur les murs du couloir de ce salon d'attente qui ne ressemblait à rien de ce que Taro connaissait, dans un genre et une fonction comparables.

Chez les éditeurs, on patiente généralement dans le hall d'entrée, entouré des photographies des auteurs maison. Les murs sont souvent jaunis, les tapis un peu crades, les filles du standard entre deux âges et deux humeurs.

Chez les dentistes, on s'assied dans de vraies salles d'attente, avec de vrais journaux, des canapés classiques occupés par des gens normaux qui saluent froidement quand on prend place à côté d'eux et un peu plus aimablement dès lors qu'on s'assied à l'écart.

La taille et la forme de la pièce peuvent varier, c'est Carzou ou une gravure sur les murs, une fontaine d'eau ou une plante verte – les deux dans les arrondissements bordant la Seine –, *Match* plutôt que *L'Observateur*, une porte se refermant sur le silence et l'attente, toutes choses variant dans des proportions connues.

Ici, c'était un monde à l'envers. Il fallait survivre à Gloria Gaynor surgissant, toutes basses dehors, des dômes de douze haut-parleurs encastrés dans les faux plafonds. De somptueuses demoiselles se croisaient sous les halos de sunlights flashant comme des radars au rythme d'*I will survive*. Elles hurlaient, fendant le couloir et la musique, *Chéri ! Je pars à Turin ! On se rappelle ! Bisous, chou !* avant de disparaître derrière une porte rouge qui battait comme un portail de saloon, aussitôt poussée par une nouvelle naïade haute en formes et en couleur. Toutes arboraient le chiffre 10 brodé en diams sur le dos de T-shirts éclatants. Musique et lumière, elles contribuaient à dérégler le muscle cardiaque du pékin moyen affolé.

Taro cherchait un réconfort auprès de Z. Mais Z était trop occupé à se parfumer Dior, à boire Volvic, à rouler Audi, à acheter Leader Price, à téléphoner Orange, à chausser Adidas, à consommer Danone, pour assurer autre chose que Generali. Il souriait, humainement charmant, économiquement rentable.

Taro quitta le canapé en Skaï orange pour une chaise vert pomme qu'il abandonna aussitôt, piqué au vif par un tweeter sournois. Il se tint au milieu du couloir sans plus bouger, attendant avec espoir que Monsieur Freddy Borgne parût.

Il vint comme un prophète foulant l'apocalypse d'un bordel. Tout de blanc vêtu, costume trois-pièces et gilet croisé, fleur orangée à la boutonnière, cigare dans la main droite, Nokia dans la gauche, loupes sur le nez, barbiche grand cru classée trois jours d'âge, chauve sur le dessus.

D'un geste avenant, il pria Taro de franchir une sorte de porte doublée cuir et absolument étanche au bruit qui ouvrait sur une pièce minuscule où les demoiselles du dehors s'étaient assemblées. Elles n'étaient que deux. Freddy Borgne s'adressait à elles sans cesser de téléphoner, menant une conversation polyphonique avec un interlocuteur à qui il proposait quatre cents pièces à condition qu'il les eût en stock, *Je vérifie*, plaça une main sur l'émetteur, claqua des doigts pour attirer l'attention, demanda *Priscilla, combien il en reste en stock ?*, assura le cigare entre ses dents, prit un stylographe en or massif avec lequel il signa une correspondance aussitôt avalée par des mains expertes, *On les a,* dit Priscilla, *On les a,* répéta Freddy Borgne à son interlocuteur, *Je vous passe Julie,* tendit son portable et en prit un autre qui *will survivait* tout en vibrant, *Loulou ? Une seconde...* Il écrabouilla le cigare finissant dans un cendrier d'onyx et s'excusa auprès de Taro, *C'est mon fils,* reprit le fils : *Non, Loulou. Pas en semaine,* claqua des doigts pour attirer l'attention, *Julie, où est la Jag ? En révision,* dit Julie, *Et l'Aston ?* on entendit alors une éructation gracieuse venue du combiné numéro 2, *Il ne veut pas de l'Aston*, commenta le père avant de conseiller à Loulou de louer ou de prendre un taxi, prestidigitateura d'un téléphone à l'autre, abandonnant le 2 à Priscilla pour reprendre le 1, *Bien sûr qu'on les a !... Oui, on livre !,* claqua des doigts pour attirer l'attention, *la Jag sera prête quand ?... Non, on s'en fout puisqu'on a l'Aston,* reprit le 1, *Je vous livre demain,* reclaqua des doigts pour attirer l'attention, *Véro, quatre cents T-shirts, ça tient dans la Jag ?* secoua la tête, accablé, coupa le 2 qui *will survivait* de nouveau et acheva sur le 1 : *On prendra les deux bagnoles, ne vous faites pas de souci, on a l'habitude,* ferma le clapet, posa ses deux poings sur un bureau en plexi fumé et dit à Taro :

« Je suis le seul mec dans Paris qui livre des T-shirts dans les coffres d'une Jaguar et d'une Aston Martin ! »

Fit ha ha ha et s'assit.

« Vous, vous êtes dans la littérature, c'est bien ça ?

— Un peu comme vous, fit Taro.

— Ça rapporte, ça, la littérature ?

— Moins que les T-shirts. »

Freddy Borgne se pencha vers son visiteur. Les deux filles firent de même. Elles se tenaient sur des tabourets hauts : bas et bottines.

« Vous vous y connaissez en bagnoles ?

— Je n'ai même pas mon permis de conduire.

— Vous ne savez donc pas si Aston Martin fait des modèles Diesel ? »

Le téléphone 1 sonna.

« Je ne prends pas. »

Taro respira le parfum de la fleur orange. Il se mêlait à un bouquet de fougère légèrement ambré. Il paria pour *Varon Dandy,* de Parera ou, mieux encore, *Varon Dandy Platinum,* du même.

« Vous connaissez Z ?

— De réputation.

— Ça vous dirait de faire un bouquin avec lui ?

— Je ne connais rien au football.

— Et alors ? Ha ha ha : Vous croyez qu'il a déjà lu un livre ? »

Freddy Borgne s'esclaffa derechef. Priscilla et Julie firent de même. Taro se demanda si elles étaient sœurs.

« On m'a dit que vous aviez l'habitude d'écrire les souvenirs des stars.

— C'est mon métier.

— Lui, c'est de jouer au foot. Vous serez très complémentaires.

— Bien, dit Taro.

— J'espère seulement que vous grattez mieux qu'il ne pousse le ballon !

— Pardon ?

— Il joue comme un pied ! Vous n'avez pas remarqué ? »

Taro, comme eût dit Priscilla – entre dix-huit et vingt-trois ans –, Taro hallucinait.

« Il se débrouille, c'est tout ! A côté de Ronaldo, il est nul ! Et vous avez déjà vu Platini sur un terrain ? »

Freddy Borgne n'en dit pas plus. Un téléphone *will survivait* sur la table. Priscilla le prit et regarda l'écran.

« C'est Zou, dit-elle.

— Encore ! » s'exclama Freddy Borgne.

Il poussa un soupir excédé, empoigna le téléphone et coupa la chique à Gloria Gaynor :

« Zou ? »

Il y eut un petit silence. Freddy Borgne ralluma son cigare.

« Justement, je suis avec lui. »

Il lança une œillade à Taro. Taro la rattrapa, la comprima entre ses mains comme de la Patafix, la glissa sous sa semelle et l'écrasa consciencieusement.

« Je lui en parle et je te rappelle. »

Freddy Borgne reposa le téléphone sur la table.

« Il est d'accord.

— Et moi ?

— Vous aussi, dit Freddy Borgne en balançant une deuxième œillade.

— Mais je n'ai pas donné ma réponse !

— Deux cent cinquante mille dollars. »

Freddy Borgne souriait, le cigare planté entre les dents.

« Kif kif pour Z moins la com' que je prends sur sa part. »

Chez Taro, de plus en plus halluciné, Verlaine et Rimbaud refluaient vers la porte, poussés par un poète d'un nouveau genre, en maillot bleu et short à bandes.

« C'est votre job, alors vous cherchez un éditeur.

— Vous avez une idée ? balbutia Taro.

— J'ai un copain là-dedans, mais je vous laisse choisir. »

Taro ne bougeait pas. On ne lui avait jamais proposé une somme pareille pour écrire un livre. En général, il obtenait vingt fois moins.

« Je compte sur vous ? »

Il acquiesça, muet. Freddy Borgne lui tendit un bristol et se leva.

« Ma carte. Quand vous aurez l'éditeur, téléphonez-moi. On le verra ensemble.

— Avec Z ?

— Evidemment. »

Taro quitta son siège. Priscilla poussa la porte ouvrant sur l'Apocalypse. Mais le silence régnait, et la lumière était douce. Freddy Borgne tripota un contact dans l'embrasure. Le barouf revint en même temps que les spots.

« C'est comme ma Jag : parfois, le plafonnier tombe en panne.

— Je vous conseille l'autobus », répliqua Taro.

Les plombs sautèrent de nouveau. Freddy Borgne actionna les manettes. En vain.

Il gémit :

« Ça s'est éteindu ! »

Taro brancha Internet. Z souriait sur des milliers de sites. Taro lut l'essentiel, puis chercha le cours du dollar. Il coupa. Rien ne prouvait qu'il recevrait la somme avancée par Freddy Borgne, mais il ferait le livre. La matière ne l'intéressait pas. Il était rare, d'ailleurs, qu'il la considérât comme un critère de choix. Il avait écrit des bouquins de recettes, des traités de jardinage, des guides touristiques, des reportages publicitaires qui ne pesaient pas lourd à côté des ouvrages médicaux, sociaux, politiques, qui encombraient le dernier étage de sa bibliothèque, dos au mur pour que les titres restent invisibles. Mais il n'avait jamais rencontré de sportif. Et aucun de ceux qu'il avait allongés sur le divan de sa machine à écrire n'avait la notoriété de Z. Une star universelle. Un héros vénéré par tous. Vingt-six ans, et le monde à ses pieds. C'était cela, surtout, qui l'intéressait. Les règles du football, il les apprendrait. De même le parcours professionnel de Z et tous les éléments nécessaires à l'élaboration d'un livre-magnétophone. Il avait l'habitude.

Il téléphona à quelques éditeurs. Tous voulaient l'ouvrage. A n'importe quel prix. Sauf un, qui dirigeait une maison plus petite que les autres et était son ami. Taro lui proposa d'abandonner sa part d'à-valoir ; il la récupérerait sur les ventes. L'éditeur calcula qu'il faudrait écouler près de deux cent mille exemplaires pour que Taro retrouvât la somme qui lui était promise. Il refusa : ce n'était pas un service à lui rendre.

Taro déposa le projet entre les mains d'Orson. Orson le réceptionna sans bouger d'un pouce de son fauteuil. Il dit *D'accord* avec cette impassibilité légendaire qui glaçait quelques-uns de ses interlocuteurs. Sa paupière droite cilla, preuve d'une grande excitation intérieure. Il posa quelques questions techniques et pria Taro d'organiser un rendez-vous avec Z et Freddy Borgne. Il le raccompagna jusqu'à la porte du bureau de sa secrétaire, mouvement qui trahissait plus qu'un simple trouble : un émoi.

Le surlendemain, il était à sa fenêtre lorsque Taro pénétra de nouveau dans ses murs. Il lui adressa un sourire doublé d'un signe amical de la main, preuve que l'excitation ne s'était pas tarie.

Taro le rejoignit dans son bureau.

Toute la maison d'édition attendait Freddy Borgne. Il avait prévenu dans la matinée qu'il viendrait sans Z. Cette nouvelle avait provoqué une déception perceptible dans les étages. On le guettait néanmoins, curieux de savoir à quoi ressemblait un individu qui L'avait vu, Lui serrait la main, L'embrassait peut-être, signait pour Lui.

Il arriva avec quarante-cinq minutes de retard. Personne n'eut besoin de l'annoncer. Il poussa la porte de l'immeuble, le Nokia vissé à l'oreille, la parole publique. Comme il n'avait pas terminé sa conversation, il commença de tourner en rond dans la cour intérieure, s'exposant au regard et à l'oreille de tous. Penchés à la fenêtre du bureau directorial, Taro et Orson suivaient le mouvement circulaire d'un chapeau mou posé sur un chef furibard.

« Je vais exploser ! » explosait Freddy Borgne.

Il tournait.

« Vous me feriez le coup pour un million de dollars, je ne vous en parlerais même pas ! Mais dix millions ! Vous savez ce que c'est, dix millions de dollars ! »

Au mouvement que fit son pouce pour rallier le bord du chapeau, tous comprirent qu'il se frappait la tempe.

« Dix millions ! »

Ce devait être la moitié du chiffre d'affaires de la maison d'édition.

« C'est ce que gagne ma secrétaire en un mois, ha ha ha. »

Il raccrocha pour décrocher la deuxième ligne.

« Oui, j'y suis ! »

Trente paires d'yeux et d'oreilles refluèrent vivement lorsqu'il leva la tête vers les hauteurs.

« C'est un genre de maison de famille avec une

cour à l'intérieur. Oui… Gaz à tous les étages, si tu vois le genre… Zou ! »

Elles revinrent.

« Parle plus fort, nom de Dieu, je ne t'entends pas ! »

Repartirent.

« Zou, on vient de perdre dix millions de dollars. »

Revinrent.

« Tu me diras qu'on s'en fout : on a gagné le double hier rien qu'avec les slips et les chaussettes ! »

Il explosa en un rire qui le tordit sur place au point qu'il dut s'asseoir. On aperçut le plumage d'une fleur blanche balbutiant à la boutonnière. Dans les étages, l'assistance se replia avec consternation. Orson s'assit derrière son bureau après avoir imperceptiblement dressé un sourcil, indice chez lui d'une très grande perplexité.

« Il doit y avoir pire », grommela-t-il en surveillant les contrats qu'il avait fait préparer.

Cinq minutes plus tard, Freddy Borgne entrait. Il promena un regard attristé sur les murs peints en blanc, les rayonnages des bibliothèques, les lampes sur pied.

« La littérature, c'est pitié ! »

Il vint vers Taro et l'embrassa sur les deux joues. *Varon Dandy Platinum*, à coup sûr.

« Alors, on a commencé ? »

Orson était passé devant son bureau, signe de chaleureuse amitié.

« J'étais avec Zou, se justifia Freddy Borgne, considérant sans doute que le personnage valait excuse.

— Il n'est pas là ? demanda l'éditeur.

— Nous sommes rarement ensemble.

— Pour signer un contrat, ce serait préférable.

— Ah ? »

Freddy Borgne entrouvrit son manteau en poils, sa veste en alpaga, glissa deux doigts dans son gilet en soie et fouilla dans sa cervelle en toc. Pour conclure :

« Ça se passe ainsi, dans vos milieux ?

— Oui », fit Orson.

Il ne souriait ni ne riait plus. Il était sur le bord, affichant une sévérité interrogative qui, comme le fléau d'une balance, ne savait pas encore vers quel plateau il inclinerait : la bonhomie ou l'exclusion immédiate. Taro se tenait à distance de la scène, se demandant lequel des deux comédiens serait le plus applaudi.

« Cinq cent mille dollars, dit l'éditeur, c'est une somme.

— Vous aussi, vous comptez en dollars ?

— Je me mets au diapason.

— C'est formidable de compter en dollars, dit Freddy Borgne en dégageant ses pouces des emmanchures. Ça vous pose le comptable d'un coup ! »

Il frotta le pouce et l'index, assaisonnant clairement le propos. Son téléphone *will surviva*.

« Je ne réponds pas », dit-il.

Il répondit.

« I'mbusyrightnowCallmebackinonehourthankyou », énonça-t-il sans reprendre son souffle.

Il étouffa Gloria Gaynor et ajouta :

« Je ne connais qu'une phrase en anglais : celle-là. Quand on m'appelle et que ça dérange, je la balance.

— C'est comme les dollars, apprécia Orson.

— Même principe, efficacité comparable. L'important, c'est de transformer l'art en dollars… On signe où ?

— Vous comptez signer seul ? »

Freddy Borgne désigna Taro.

« On m'a dit qu'il avait des doigts d'or. L'or, ça vaut du pognon.

— Z doit signer avec vous, dit froidement Orson.

— Je vous comprends, apprécia Freddy Borgne. Vous permettez ? »

Il sortit son portable et composa un numéro.

« Ligne directe… »

On attendit un temps incertain. Plus de quatre sonneries, moins de six.

« Zou ?! Je suis chez notre éditeur… Tu signes avec moi ?… Right, man ! Je leur dis ! »

Il coupa.

« Il signe ! Où ? »

Il s'apprêtait à glisser la main dans la poche intérieure de sa veste lorsque Orson devança son geste : il lui tendit un stylo.

Freddy refusa l'offre :

« J'ai mon Bic. »

Il exhiba un Montblanc Meierstück carrossé platine.

Il se pencha vers la table, cherchant les contrats. Orson ouvrit une chemise. Quatre exemplaires et deux chèques. Orson les présenta à Freddy Borgne. Il gardait la main posée dessus.

« Cinq cent mille dollars convertis en francs, dit l'éditeur, la seconde moitié à la publication du livre, la première à la signature. Un chèque pour notre ami aux doigts d'or, un autre pour Z.

— Il faut le mettre au nom de ma société, rectifia Freddy Borgne.

— Le chèque ou le contrat ?

— Les deux. Ma société a son siège en Suisse. »

Freddy Borgne sortit un document qui transita des mains d'Orson à celles de Taro. C'était un formulaire imprimé à en-tête d'une société sise dans le district de la Veveyse (Suisse). Il précisait que le licencié était autorisé à distribuer un livre signé Z, lequel toucherait la moitié des 15 % de royalties hors taxe sur le prix de vente net distributeur, durée : 12 mois, territoire : France, Distribution : réseaux hypermarchés, magasins populaires, magasins de souvenirs et magasins de discount.

Les librairies n'étaient pas mentionnées. Freddy Borgne avait signé ce document sans valeur. Pas Z. Orson ramena ses contrats vers lui.

Freddy Borgne replaça son Bic Meierstück dans sa poche.

« Ha ha, fit-il. Je crois qu'on ne se comprend pas ! »

Cependant, il ne se levait pas. A distance, Taro mesurait la qualité de l'affrontement. Orson n'avait pas éloigné sa chaise, preuve qu'il ne souhaitait pas rompre la négociation. Il voulait absolument le livre.

« Je fais refaire les contrats et les chèques au nom de votre société, proposa Orson, mais je veux quatre signatures. Celle de Taro et la mienne, la vôtre et celle de Z. »

Freddy Borgne ressortit son stylo de sa poche, en vissa et dévissa le capuchon tout en s'absorbant dans des pensées d'ordre comptable et juridique – supposa Taro –, et le silence se suspendit à ses lèvres, comme le fléau de la même balance oscillant entre les francs et les dollars. Il ramena un pied sous lui, provoquant une crispation générale, température 38,4 °, mesura Taro. Orson se leva, passa dans la pièce voisine (où officiait sa secrétaire) et revint cinq minutes plus tard avec de nouveaux contrats. Il les posa sur la table, devant Freddy Borgne. Les chèques avaient disparu.

Freddy Borgne examina attentivement chacun des articles, demanda quelques explications qui parurent le laisser insatisfait, puis il rendit le dernier contrat à l'éditeur. Il se leva. Taro l'imita. C'était raté. Orson, cependant, demeurait à sa place. Il fixait Freddy Borgne avec une détermination tranquille. Les lunules de ses ongles étaient rougies à l'arête, indice d'une colère intérieure sous contrôle.

Freddy fit trois pas vers la porte, ralentit au quatrième, se retourna, considéra Taro puis l'éditeur, fit « Ce serait dommage », et revint s'asseoir.

« Ça se signe où, votre papelard ?

— Vous paraphez à chaque page et signez la dernière. »

Ils firent. Taro s'exécuta religieusement. Jamais il n'avait ratifié contrat si mirifique. Après avoir clos le tour de table en appliquant son sceau au bas du parchemin, Orson posa la question qui fâche :

« Z ?

— Vous me donnez les contrats, je les lui fais signer et je vous les renvoie.

— Non », fit Orson.

Ils se jaugèrent. Cela dura dix bonnes secondes. Au terme desquelles Orson émit une proposition nouvelle :

« Vous m'apportez une lettre de Z vous autorisant à signer à sa place, et cela suffira.

— D'accord, accepta Freddy Borgne.

— Vous aurez le premier chèque à ce moment-là. »

Taro refusa de toucher le sien. Il préférait attendre Z.

« Pourquoi ? questionna Freddy Borgne.

— Par superstition.

— Ha ha ? » fit Freddy Borgne.

Il le dévisageait avec incrédulité.

« Ha ha », approuva Orson.

Il souriait. On voyait même ses incisives. C'était, chez lui, le signe d'un grand débordement intérieur.

Elle s'assit derrière le bureau et lui désigna la place qu'elle lui avait attribuée, en face d'elle. Taro respirait son parfum, fleur, ambre, épice.

Elle se pencha. Il lui parut à peine étrange qu'elle posât la première question :

« Que s'est-il passé après la signature des contrats ?

— Freddy Borgne est parti.

— Orson a-t-il fait un commentaire ?

— Ce n'est pas dans ses habitudes.

— Il y avait un risque, me semble-t-il, à se contenter d'une simple lettre d'accréditation signée par Z !

— C'est ce que j'ai pensé, approuva Taro.

Vous l'avez dit ?

— Pas à ce moment-là.

— Pourquoi ?

— Orson est un homme intelligent. J'ai pensé que s'il avait accepté la proposition qui lui était faite, c'était parce qu'il s'estimait protégé.

— Comment ?

— Un faux eût été lourd de conséquences.

— En effet », acquiesça Blanche Nègre.

Elle ne prenait aucune note, ce qui trahissait une certaine inexpérience. Taro avait appris à relever les idées qui lui venaient en cours d'entretien, seule façon de n'en oublier aucune.

« Quand avez-vous revu Freddy Borgne ?

— Plusieurs semaines après le rendez-vous avec Orson.

— Chez lui ? Aux Champs-Elysées ?

— Dans un restaurant. Par hasard. »

Elle se baissa derrière le bureau puis se leva. Sans le quitter du regard, elle recula jusqu'à la table près de la fenêtre, s'assit, prit le stylo posé sur le plateau. Elle l'observait de profil. Elle nota : *assez grand, carré, entre blond et châtain*, *yeux noirs, jeans et tennis, pas de bague, d'alliance ou de gourmette, toujours rasé, attirant sur une plage, pas de charme particulier, bellâtre.*

Elle posa le stylo et dit :

« Dans notre livre, vous apparaissez ?

— D'une certaine façon.

— Vous êtes-vous décrit ? »

Il ne comprenait pas la question.

« Physiquement, vous êtes-vous décrit ?

— Non », dit-il.

Elle se leva.

« Je vous cède la place. »

Il s'approcha. Un rai de lumière dessinait de jolies arabesques sur la feuille.

« Je vous ai laissé quelques notes. Faites donc un autoportrait… Vous avez quinze minutes. »

Il s'assit à la table et prit son propre stylo dans la poche intérieure de son blouson. Ce geste, si familier, lui apporta aussitôt un grand bien-être ; un confort semblable à celui que procure l'entrée dans un bain chaud. Il appuya sa plume sur la feuille :

Elle se retourna sur le seuil de la porte et le vit en contre-jour, dans la lumière déclinante d'une fin d'après-midi de printemps. Il écrivait sans hâte, penché sur la feuille. Sa haute stature s'encadrait en ombres chinoises sur la vitre. Il avait le regard froid des libertins, les mains longues et fines, les épaules larges : un homme sexuellement transmissible.

Il paraissait contraint. Sa plume revenait sans cesse en arrière. Il biffait, tirait des lignes pour ajouter ou préciser, avançait avec peine, butait, contournait, recommençait. Son visage portait l'expression de cette progression chaotique : d'une main, il écrivait ; de l'autre, il se frottait le menton ou la joue, glabres pourtant, comme s'il cherchait sur sa peau les stigmates que sa plume dénichait sur la feuille. Enfin, un mince sourire éclaira ses traits. Il saisit une nouvelle feuille et, reprenant les pâtés de la première, rédigea au propre une autre version. Il avait oublié le cadre enfermant la photo. Peu importait désormais le décor : il était seul avec ses mots. Ses épaules s'élargirent. L'œil devint noisette, plus clair, plus limpide, plus heu-

reux surtout. Cet homme était peut-être un libertin, mais, à l'évidence, il n'aimait rien tant qu'habiller et déshabiller les phrases.

Il sursauta légèrement : la porte du petit salon s'était ouverte derrière lui. Il posa son stylo et se retourna. Un quidam se tenait sur le seuil. Il le dévisageait avec curiosité. Il avait un sourire en lame de couteau, l'œil bleu western et un faux air intelligent qu'il fredonnait sans, apparemment, comprendre le refrain.

Blanche Nègre entra à son tour.

« Je vous présente mon majordome. »

L'autre se tourna vers elle. Il était manifestement courroucé et tenait à le faire savoir. D'un geste autoritaire, elle lui imposa le silence.

« Mon majordome fera la navette entre nous. »

Elle sourit, satisfaite du mot qui s'était présenté à elle.

« Il sera notre valise diplomatique.

— Je ne te permets pas... » articula l'étrange valet.

Elle lui cloua le bec d'une chiquenaude méprisante. Ils se chamaillèrent à mots couverts, qui permirent à Taro de comprendre aussitôt que cet homme était le premier nain de la reine qui régnait en ce château.

Joyeux.

Il avait vingt ans de moins qu'elle, ce qui simplifiait les conjectures. Il entourait la damoiselle d'une affection mielleuse, semblable à celle que dispensent, dans ces milieux où la chose artistique se confond souvent avec la chose financière, les papas des jeunes prodiges, les amants vieillissants des promises à un bel avenir, ou les gigolos achetés à prix d'or. Taro se proposa, dans une œuvre à venir ou en confection, d'entraîner la princesse sur une plage belle et déserte où la lumière du ciel se confondrait avec celle des vagues faisant flac flac. Il lui prêterait des mots qui l'offusqueraient mais qu'il imposerait, page 107 :

J'aime Joyeux depuis le premier jour. Entre nous, ce fut un coup de foudre. Ma passion est d'or. La sienne est d'argent.

Car il n'est pas interdit, se vengea-t-il muettement, de ponctuer les Mémoires des princesses de petits cailloux blancs invisibles au regard des nains.

Blanche Nègre mit Joyeux à la porte.

« Reprenons. Vous avez fini votre autoportrait ? »

Il commença à lire :

— « *Elle se retourna sur le seuil de la porte et le vit en contre-jour, dans la lumière déclinante d'une fin d'après-midi de printemps. Il écrivit sans hâte, penché sur la feuille*... »

Elle l'interrompit d'un geste :

« Je lirai seule... Après votre départ. »

Elle revint vers le bureau. Taro s'assit en face d'elle.

« Où en étions-nous ?

— A Paris, dans un restaurant.
— Je vous écoute. »
Elle emboucha son fume-cigarette. Il fit remarquer qu'avant d'en arriver au restaurant, il fallait préciser le contexte. Plusieurs semaines s'étaient écoulées depuis la signature des contrats. Que s'était-il passé pendant ce laps de temps ?
« Dites-moi…
— L'automne avançait à grands pas vers l'hiver, dit Taro. Freddy Borgne avait disparu tandis que Z n'était toujours pas apparu. J'avais écrit un bon tiers des mémoires du haut fonctionnaire, ce qui constituait un score très honorable. »
Elle le considéra sans comprendre.
« Museau poursuivait ses entretiens… »
Elle le coupa :
« Museau ? De quoi me parlez-vous ? »
Il poursuivit, imperturbable :
« Auguste Martin attendait son texte…
— Taisez-vous ! »
Elle s'était redressée sur sa chaise.
« Qui sont toutes ces personnes ? Qu'est-ce qu'elles ont à voir avec Z ?
— Ce sont des digressions. »
Elle se pencha vers lui, l'ébonite fichée entre les lèvres. Les ailes de son nez étaient roses et très fines.
« Laissez tomber vos digressions et revenez à notre sujet !
— *Notre* ? »
Elle évita la chausse-trape en ne répondant pas.
« J'ai besoin d'un détour pour poursuivre, expli-

qua Taro. Il me faut quelques lignes préalables. Une sorte de transition.

— Vous la trouverez en écrivant. »

Elle alluma sa cigarette. Taro reçut une bouffée en plein visage.

« A ce propos... »

Elle tira ardemment deux fois.

« ... Quand pourrai-je lire votre texte ? »

Il s'attendait à cette question. Blanc la posait en général à l'issue de la troisième séance d'entretiens.

« A la fin, repartit Noir. Lorsque j'aurai fini. »

Elle afficha une mine contrariée.

« Je ne donne jamais ma prose à lire avant. Ainsi, je reste libre de mes mots jusqu'au bout.

— Et si nous ne sommes pas d'accord avec ce que vous avez écrit ? »

Il secoua la tête.

« Cela n'est jamais arrivé.

— La prudence voudrait que nous nous soyons mis d'accord sur la forme.

— Et sur le fond !

— Mais le fond ne pose pas de problème puisque, à chaque séance, nous le définissons. »

Taro ne répondit pas.

Elle leva un sourcil.

« Vous n'avez rien à dire ?

— Je ne suis pas sûr que vous accepterez la digression que je compte placer à l'ouverture de ce chapitre.

— Ecrivez. Nous en discuterons après. »

L'automne avançait à grands pas vers l'hiver. Freddy Borgne avait disparu tandis que *Z* n'était toujours pas apparu. En trois semaines, Taro avait écrit un bon tiers des mémoires du haut fonctionnaire, ce qui constituait un score très honorable.

Un jour, à l'heure où il s'arrêtait en général de travailler pour boire une tasse de thé (Empereur Yunnan, Chine fumé, Maison de la Chine, Paris),

où Monsieur Museau relisait quelques notes qui seraient utiles pour l'entretien qu'il devait conduire une heure plus tard avec le haut fonctionnaire,

où Auguste Martin s'arrêtait devant la vitrine d'un libraire de Luxembourg qui exposait le dernier Grand Prix du roman policier,

où l'ancien ambassadeur de France à Tunis brisait malencontreusement un portrait de lui-même photographié en compagnie du Gardien de la Révolution Hachemi Rafsandjani le 14 mars 1986 à Téhéran,

où *Z* se prélassait agréablement en famille,

Orson demanda à sa secrétaire de lui trouver le

numéro personnel de Monsieur Freddy Borgne, de l'appeler et de fixer un rendez-vous dans la semaine.

Au même instant, Taro déjeunait avec un éditeur de la rive droite, son attachée de presse et un chanteur canadien aveugle, star en son pays, dont il avait écrit les mémoires quelques mois plus tôt. La table avait été réservée pour cinq personnes. L'une d'elles était en retard : la femme du chanteur. Taro l'attendait avec d'autant plus d'intérêt que C du B (anonymat oblige) en parlait longuement dans son livre. Elle lui avait littéralement sauvé la vie. Car C du B, après avoir connu un succès quasi planétaire dans les années 80, s'était trouvé fort dépourvu quand le fisc fut venu. Il était allé crier famine dans une nation voisine. Il était là, échoué au bord du désespoir puis, après avoir pleuré tout un soir, avait rencontré l'âme merveilleuse qui allait rendre sa vie enfin heureuse. Il la décrivait dans son livre comme une personne admirable dont la grâce et la beauté l'avaient tiré du désespoir.

On déjeunait au Ritz, où C du B descendait quand il venait à Paris. C'était là, dans une suite privée, que Taro avait lu les deux cent quarante-cinq pages du manuscrit à la star non-voyante, un vendredi d'hiver, entre quatorze et dix-neuf heures, sans oser allumer la lumière. Ils se rencontraient aujourd'hui car le chanteur voulait ajouter une préface à la quatrième édition de son livre. Il l'avait dictée à D du B, son épouse, qui l'apporterait avant le dessert, soyez-en sûrs…

Taro observait le ballet des silhouettes qui se

réfléchissait sur les verres opaques de son voisin. Il guettait la grâce et la beauté salvatrices. Ce fut un complet blanc avec rose à la boutonnière.

Freddy Borgne posa une main sur son épaule tout en saluant l'entourage de l'autre. Taro sursauta violemment et se retourna : il ne supportait pas d'être surpris par l'arrière.

« Quelle chance vous avez ! s'exclama l'importun. Déjeuner en compagnie du plus grand nègre de Paris ! »

A quoi C du B s'interloqua :

« Vous êtes nègre ?

— Y voit rien, l'excusa l'éditeur auprès de Freddy Borgne.

— Ivoirien ? interrogea Freddy Borgne.

— Vous êtes nègre aussi ! s'exclama C du B. J'adore les Nègres ! Vous venez de Côte-d'Ivoire ?

— Non. De Vaucresson.

— C'est en Afrique ?

— Dans les Hauts-de-Seine. »

Taro s'était dégagé en sorte que Freddy Borgne fût à son côté et non derrière lui. Il prenait des notes pour plus tard. Il se grandit un peu en apercevant une jeune femme d'une très grande beauté qui se tenait en retrait de Freddy Borgne. Elle observait la scène, un sourire aux lèvres. Était-ce D du B ? Elle en avait la bouche, les cheveux et les jambes : les lèvres assombries par un carmin presque bleu marine, les mèches brunes et bouclées relevées en un chignon d'un romantisme parfait, haute, élancée, plantée sur des talons aiguisés comme le désir.

« J'ai un scoop pour vous », chuchota Freddy Borgne à l'oreille de Taro.

Il appuya sur son épaule, comme s'il voulait l'empêcher de se lever.

« Vous verrez Z après-demain. »

En dépit de la pression, Taro tressaillit.

« Il sera à Disneyland en famille. Je vous appellerai. Vous nous rejoindrez. On ferme le club Mickey pour qu'il fasse tranquillement mumuse.

— Vous avez la lettre de Z pour Orson ?

— Dans ma poche. »

Freddy Borgne se frappa la poitrine côté cœur.

« Donnez-la-moi. Je la transmettrai. Nous gagnerons du temps.

— Tsss ! » contesta Freddy Borgne.

Il se pencha et chuchota :

« Je suis superstitieux. Nous sommes un vendredi 13.

— Jeudi 11, rectifia Taro.

— Oui, mais vous lui donnerez peut-être le 13.

— Ce ne sera pas un vendredi. »

Freddy Borgne compta sur ses doigts, serra fortement l'épaule, ajouta ha ha ha et s'en fut, libérant Taro d'une insupportable pression. La jeune femme le suivit, laissant derrière elle d'infinis regrets emportés par *Sotto Voce,* de Laura Biagiotti.

Taro avala sa riviera de mangue aux oignons rouges en se demandant petit a) qui était cette jeune femme magnifique, petit b) si elle serait présente à Disney dimanche.

Alors que le chanteur achevait sa côte de veau en persillade citronnée aux câpres, son épouse légitime et si bien fantasmée apparut.

Elle n'était pas haute mais large ; légèrement ventrue ; apparemment, en dépit de sa corpulence, sensible au vent latéral. Elle se parfumait Vins & spiritueux. Beaucoup. Elle s'assit en s'excusant du retard, peux mieux faire, ferai mieux la prochaine fois. Contrairement à son mari, elle parlait avec un délicieux accent canadien. Elle conversait en tournant le dos à C du B. Taro essayait de ne pas croiser le regard de l'attachée de presse et de réprimer le chatouillis intérieur qui menaçait de déborder. Il fixait le verre de sa voisine. Elle le remplissait très lentement mais avec une grande conscience. Taro comprit qu'elle prenait mille précautions pour ne pas éveiller les soupçons de son époux aveugle qui connaissait certainement les penchants de sa bien-aimée pour la dive bouteille. D'ailleurs, lorsqu'il eut compris qu'elle s'arsouillait généreusement, l'artiste tâtonna sur la table jusqu'au biberon, qu'il déplaça de son côté.

D du B appela un serveur, commanda un en-cas et de l'eau minérale. Puis elle montra le vin du doigt et ajouta :

« La même chose. »

Fit *deux* avec le pouce et l'index.

Lorsque le serveur revint, elle prit la bouteille d'eau dans la main gauche, la bouteille de vin dans la main droite, se servit de l'un en même temps qu'elle versait l'autre dans le verre de son mari. C du B, dont l'ouïe était si sensible, n'entendit que l'eau coulant chez lui.

« Il faut boire ! » répétait son épouse en le resservant.

Et elle-même par la même occasion.

Quand son époux fut empli comme une outre, elle abreuva consciencieusement les autres convives.

Et elle-même par la même occasion.

Avant qu'elle fût totalement rincée, l'éditeur proposa qu'on lût la préface à laquelle C du B tenait tant, et qui justifiait le déjeuner. D du B sortit un feuillet de son sac et le posa sur la table.

Elle ânonna :

« A toi, ami lecteur, qui vas découvrir le premier tome de mes Mémoires écrites pour toi et toi seul, tu dois savoir lire l'espoir entre les lignes et découvrir les remerciements que j'adresse à la vie et à tous et toutes, ceux et celles qui m'ont aimé et réconforté.

Apprends enfin, ami lecteur, que j'ai aussi raconté ma vie pour toi. Quand tu déprimeras, relis-moi. Le dur que j'ai vécu te rendra plus facile à vivre le doux qui m'attend. »

D du B s'étancha cul sec.

« Ce livre, c'est moi. Lis-le avec respect et amour.
C du B. »

Tous applaudirent. Sauf Taro, qui se demanda pourquoi la moitié des ouvrages qu'on lui demandait d'écrire ou de réécrire contenaient des messages de stars montrant la voie de la rédemption, le chemin du bonheur, la route de l'épanouissement – comme si le public de ces étoiles lumineuses était constitué de tarés qu'il convenait d'aider en les dirigeant vers le sacre de Moi-Même, Ancien Beauf devenu Gloire et Beauté, aimant beaucoup l'Oseille et un peu mon Prochain.

A la demande générale, sur un coin de la table, Taro mit en forme la préface définitive des Mémoires de C du B, *Mon œil* (257 pages, 11 €, Hachette Distribution). Il la relut deux fois, se leva, salua l'assistance et quitta le Ritz. Freddy Borgne et son invitée avaient disparu. Taro descendit vers la Seine. Il avait besoin de marcher. Il glissa Patti Smith (*People have the power*) dans ses oreilles. Il songeait à petit a), petit b), grand Z.

« Venez vous asseoir. »

Taro s'installa de l'autre côté du bureau. Une heure plus tôt, comme il rentrait chez lui, il avait été agressé par la stridulation d'un Klaxon multitons qui l'avait fait se plaquer contre la façade 1930 du nº 31 bis de la rue Campagne-Première, là où Man Ray avait jadis son atelier, et Duchamp comme Aragon, qui venaient en voisins depuis l'hôtel Istria, leur place réservée.

Ce n'était pas la 203 Peugeot de Daniel Boulanger, mais un cabriolet de type sport, rouge, au long capot effilé. Elle avait stoppé à deux mètres de Taro. Le coude appuyé à la portière, Vuarnet sur le nez, Joyeux lui avait adressé un signe de reconnaissance suivi d'une interpellation formulée en anglo-américano-germanique :

« Hey man ! Komm here ! »

Taro s'était approché.

« Je t'emmène ! s'était écrié Joyeux, usant abusivement de la deuxième personne du singulier. Ma maîtresse t'attend. »

Il avait ouvert la portière droite.

« On se retrouve au coin », avait maugréé Taro.

Le temps de repasser prendre un cahier et un stylo, de s'allonger dans un siège baquet en cuir qui lui permettait à peine de suivre la progression de l'engin sur l'asphalte parisien, de foncer du sud au nord-ouest, et il était à Auteuil.

« Trois cents chevaux dans la culotte ! » s'était extasié Joyeux.

Blanche Nègre l'avait accueilli dans le salon habituel. Elle était assise derrière la table, son fume-cigarette entre les doigts. A l'issue d'un salut dépourvu de toute forme d'effusion, elle avait posé la première question :

« Venons-en au cœur de notre sujet : Z. »

Il objecta que, pour lui, l'essentiel du livre ne se trouvait pas là. A quoi elle répondit que c'était à elle d'en juger. Il le lui laissa croire. L'expérience lui avait apporté une certaine compétence en matière de psychologie négrophile. Il n'ignorait rien de l'orgueil de ceux qui signent. Les mensonges que les faux scribouillards commettent pour se faire croire à eux-mêmes qu'ils sont de vrais auteurs. La plume est l'instrument le plus accessible. Il est donc facile à voler. Dans sa carrière de Noir, Taro avait rapidement découvert une règle essentielle : celui qui écrit est remplaçable ; pas l'autre. Le nègre est taillable, corvéable et virable à merci ; pas celui qui signe, le Blanc, puisque c'est sa signature que l'éditeur puis le client achètent. De cette première règle, une autre découle aussitôt. Pour avoir la paix, il suffit de laisser croire à celui qui signe qu'il est l'auteur, et le seul, de l'œuvre en cours. Ainsi faisait Taro habituellement. Non content d'exiger que son nom ne fût jamais mentionné sur les ouvrages qu'il écrivait, au fur et à mesure que les pages s'élevaient, il disparaissait. Il aidait à l'accomplissement d'une appropriation qui le laissait pour mort sur le champ de bataille, grâce à quoi, au terme du travail, le signataire défendait son livre comme s'il l'avait écrit avec son sang.

Cette fois, l'affaire serait plus compliquée.

« Commençons », dit-il.

Il était Blanc. Il venait de jouer pour Noir.

Blanche Nègre récupéra sa couleur en provoquant ce petit bruit qui lui était si familier. Il redevint Blanc lorsque, après avoir rangé son fume-cigarette, elle posa la première question :

« Au bout de combien de semaines Freddy Borgne vous a-t-il enfin conduit devant Z ?

— Cela ne se compte pas en semaines, mais en mois. Il m'a longtemps mené en bateau. Il me promettait que nous allions nous voir, et la rencontre ne se produisait jamais. Il y avait eu Disneyland, où Z était annoncé et où il ne vint pas. Un appel téléphonique, quelques jours plus tard…

— Racontez-moi. »

Le téléphone avait sonné à l'instant où Taro recevait un mail de Laure l'informant que l'Editeur était sans nouvelles de John Wifeman.

Taro avait décroché. Freddy Borgne paraissait surexcité.

« Je suis en Italie, mon vieux ! J'ai eu votre éditeur : je viens de lui envoyer la lettre qu'il attendait, ha ha ha !

— Signée par Z ?

— Oui ! Des deux mains ! »

Une friture désagréable avait obscurci la ligne. La voix de Freddy Borgne avait émergé du halo sonore :

« Vous savez que c'est incroyable ! Je suis avec Z ! Dans son hôtel ! Et même dans sa chambre ! Nous parlons business ! »

Taro avait tendu une oreille curieuse et détective. Il n'entendait que le souffle de Freddy Borgne dominant un fond musical mis en sourdine qui lui rappelait quelques souvenirs.

« Passez-le-moi !

— Vous n'avez pas confiance ?

— Si… Mais passez-le-moi quand même.

— D'accord. »

Taro était incroyablement tendu. Il y eut un silence, puis :

« Il arrive. »

Trois secondes plus tard :

« Je suis désolé : il vient de sortir.

— Comment ça, il vient de sortir ?

— Ben oui ! Même les sportifs de très haut niveau ont le droit de pisser !

— Vous vous foutez de moi ? »

Taro avait raccroché, furieux : il avait reconnu Gloria Gaynor surgissant, toutes basses dehors, des dômes de douze haut-parleurs encastrés dans les faux plafonds d'un monde à l'envers.

« Il m'a appelé de son bureau, me faisant croire qu'il était en Italie. »

Blanche Nègre remarqua :

« Ce personnage manque d'intelligence.

— Singulièrement », apprécia Taro.

Freddy Borgne avait réitéré le mensonge trois ou quatre fois. « Je suis avec Z, je vous le passe. » « Il vient à Paris la semaine prochaine, nous nous verrons ensemble. »

Orson, évidemment, n'avait pas reçu le courrier promis. Quelques jours avant Noël, Taro était allé le trouver. Il lui avait demandé de casser le contrat, d'envoyer une lettre de résiliation à Freddy Borgne et de renoncer au projet Z.

« Vous êtes parvenu à le convaincre ?

— Non sans mal. Quand j'ai quitté son bureau, j'étais déçu mais soulagé.

— Vous avez prévenu Freddy Borgne ?

— Orson l'a fait. Et Freddy Borgne m'a rappelé dix jours plus tard. A la fin de l'année. Il m'a annoncé que les contrats ayant été annulés, nous allions signer avec un de ses amis éditeur. Aux mêmes conditions. J'étais éberlué. Je lui ai demandé si c'était sérieux, il m'a répondu : “Tout à fait. On a rendez-vous le 7 janvier à 20 h 30.” Il m'a dit que Z ne serait pas là, mais que cela n'avait aucune importancc : l'éditeur était un ami, il avait confiance.

— Etrange », marmonna Blanche Nègre.

Elle se posait les deux questions que Taro formula pour être passé par cette étape avant elle :

« Je me suis demandé pourquoi nous n'avions

pas contacté cet éditeur avant, et pourquoi le rendez-vous était si tardif. Je n'ai pas de réponse à la première question. La seconde, c'est Z lui-même qui me l'apportera.

— Dites. »

Il aimait ces instants où elle marquait un intérêt immodéré pour les mots qu'il allait prononcer.

— Non. Je tiens au rendez-vous chez l'éditeur. »

Blanche Nègre objecta que les personnages secondaires, dans cette histoire, n'avaient pas beaucoup d'intérêt :

« Ils ne me passionnent pas. J'attends Z. Quand le rencontrerez-vous enfin ? »

Taro fit une proposition : il écrirait la rencontre avec l'éditeur, après quoi ils en viendraient à Z. Blanche Nègre réfléchit avant d'approuver.

« Je vous donne trois jours.

— J'en veux huit.

— Pour un seul petit chapitre ? »

Elle paraissait très impatiente. Taro se leva.

« Vous revenez la semaine prochaine ? »

— Si vous me faites parvenir le décryptage de notre séance à temps. »

Elle le raccompagna jusqu'à la grille.

« Mon majordome viendra dans quatre jours. Il vous prendra au passage.

— Une semaine », rectifia-t-il.

« C'est à moi de donner le rythme », poursuivit-elle.

Il secoua la tête.

« Nous sommes dans une logique échiquéenne.

Les Blancs jouent le premier coup. Les Noirs s'alignent puis réagissent. Dans une situation ordinaire, ils dirigent le jeu jusqu'à la fin. Même s'ils finissent généralement par coucher leur roi.

— De quelle manière ?

— En disparaissant.

— Vous jouez avec les Noirs ?

— Ce qui fait l'intérêt de cette partie, c'est que je joue avec les deux : Blancs et Noirs.

— Seul contre vous-même ? grinça-t-elle.

— Non. Contre vous. »

Elle fit sept tours sur elle-même avant d'ouvrir de nouveau la bouche.

« Je ne vois pas pourquoi les Noirs décideraient de l'organisation du travail.

— Parce que les Blancs ne travaillent pas !

— Que croyez-vous que je fasse en vous écoutant ?

— Vous m'attendez.

— Parce que vous êtes en charge de notre livre ! »

Elle avait dit *notre* livre. Elle aborderait bientôt l'étape de l'appropriation. Celle du passage du relais. Elle brûlait les étapes. Ils avaient sauté la première, cet instant de collaboration toujours idyllique, lorsque la source use de tous les moyens pour séduire celui qu'elle considère un peu comme son officier traitant, soucieuse de lui prouver que ce qu'on a à dire – et qu'il écrira – vaut le déplacement des compétences.

Au cours de cette première étape, Blanc considère

que l'objet en cours de fabrication appartient à Noir. Il dit « Votre livre ». Après, celui-ci devient « notre livre ». Puis « mon livre ». Dans le cas qui l'occupait – et qui, pour la première fois de sa carrière souterraine, le préoccuperait nécessairement plus tard –, Taro savait qu'il devait retarder le plus possible le passage à la dernière étape. Il ignorait comment il réagirait lorsque le pronom possessif changerait de main. Quand Blanche Nègre tenterait de l'écrabouiller pour prendre place sur le podium de la reconnaissance littéraire. Il savait qu'elle sonnerait la charge, choisissant un moment où il serait en position plus faible pour attaquer là où il l'attendait : le nom.

Ils stationnèrent sans mot dire au bord du volcan, observant monter la lave. Par expérience, Taro savait qu'elle ne débordait jamais avant la septième ou huitième séance. Ils n'en étaient qu'à la quatrième.

Il s'inclina devant elle, comme il faisait toujours pour ne pas avoir à l'embrasser. Elle se satisfaisait de cette habitude qui lui évitait d'avoir à marquer une distance froide en lui tendant la main.

Il s'éloigna. Soudain, il entendit un pas précipité derrière lui. Il se retourna aussitôt. Il lui fit face, visage fermé. Elle stoppa et le considéra avec surprise.

« Je vous ai fait peur ?

— Je déteste qu'on me coure après », dit-il.

Il tourna les talons sans se soucier de ce qu'elle voulait lui dire.

Kajanef téléphona. Il avait reçu la suite du décryptage des entretiens entre Museau et le haut fonctionnaire. Taro proposa de passer prendre le script dans la matinée.

Il fit couler un bain, s'habilla, chaussa une paire d'écouteurs. La voix rocailleuse de Tom Waits (*Blood money*) acheva de le réveiller. Il sortit. Une chaleur moite s'abattit sur lui. Il se souvint d'un jeudi après-midi, loin dans son enfance, à l'entrée du passage, de son grand-père assommé par une canicule comparable, s'excusant de devoir se poser un petit moment sur un banc qui avait disparu depuis. Son grand-père. Parfois, secrètement, Taro cherchait sa main. Tout comme il offrait la sienne à Gad, ainsi voyait-il les choses.

Ils allèrent chez Flo manger des huîtres.

« Dans six mois, dit Kajanef, je veux avoir fini ma biographie de Beethoven. »

Taro n'aimait pas particulièrement les huîtres. Il ne les détestait pas non plus. En matière de gastronomie, il manquait de caractère.

« Depuis très longtemps, ce travail est comme une basse continue dans ma vie. Or, tu sais que chez Bach, la basse continue, c'est aussi Dieu. »

Taro leva les yeux : comment un agnostique comme son ami pouvait-il tenir ce langage ? Conscient du trouble qu'il venait de susciter, Kajanef emprunta une autre voie.

« Je n'ai plus envie de faire n'importe quoi pour protéger mes enfants. Ils sont grands, maintenant. »

Taro observa Kajanef. Il lui trouva le profil plus aigu que d'habitude, une lourdeur dans la paupière, la joue creusée. Il ne se rappelait pas l'avoir jamais entendu parler de Dieu. Ni de ses enfants avec autant de fatalisme. Il avait toujours vu en lui un homme victorieux.

« Je croise encore mon père dans la glace, dit Kajanef avec abattement, mais il est très vieux désormais. Je ne sais pas lequel des deux ressemble le plus à l'autre. »

Son regard rencontra celui de Taro sans s'y attarder.

« Il m'attend. »

Puis, d'une voix monocorde, sans changer de registre, il passa d'une parole à l'autre, d'une gravité mortelle à un propos sans valeur, laissant Taro abasourdi et un peu hagard.

Ils firent semblant.

« Méphisto ? demanda Kajanef comme ils allaient se séparer. Elle te traque toujours ?

— Plus que jamais », répondit Taro.

Il n'ajouta pas qu'il avait entrepris un travail littéraire complexe fondé sur des trompe-l'œil, une succession de pièges, de mélanges et de vertiges, des questions qui se posaient déjà au lecteur et grandiraient au fil des pages, questions auxquelles, bien entendu, il ne répondrait pas aussitôt mais qui trouveraient une réponse – ou plusieurs – cent quatre-vingts pages plus loin. Il ne parla pas de son ouvrage : il n'avait pas le cœur à cela.

De retour chez lui, il envoya un mail à Laure :

Il était une fois un grand petit garçon qui s'appelait moi, qui rencontra l'ami le plus solide, le plus admirable, le plus généreux qui fût, et qui, quinze ans plus tard, découvrit qu'il lui faudrait un jour faire sans, par malheur et désespoir.

Avez-vous des nouvelles de John Wifeman ?

Laure était absente de son bureau. Grâce à une bretelle adroitement branchée, Claude Vizir lut le message aussitôt qu'il parvint sur le Finder de la jeune fille. D'abord interloqué, puis vexé, enfin, furieux, il fouilla dans ses archives personnelles et retrouva l'adresse de John Wifeman. Il lui envoya une lettre d'insultes. Après quoi, s'étant assuré que personne ne le surveillait, il ouvrit l'album de Marie Papier à une page vierge et entreprit de dessiner une jeune fille aux dessous gris fumés observée derrière une glace sans tain par un travesti franco-américain se prétendant homme et femme de lettres.

Il referma précipitamment l'album lorsque la

jeune fille passa dans le couloir, allant vers son bureau. Elle portait ce jour-là un jean et des talons rouges.

Laure se pencha sur l'écran de son ordinateur. Elle lut le message de Taro. Elle décrocha son téléphone et l'appela. Elle tomba sur le répondeur : *N'insistez pas : c'est non.*

Laure raccrocha. Elle rappela un quart d'heure plus tard et entendit le même message.

Allongé à plat ventre sur la moquette du troisième étage, dans la position du tireur couché, Taro lisait les confidences du haut fonctionnaire :

— La dernière fois [précisait Museau], nous nous étions arrêtés à la question des otages détenus au Liban... Le Président avait téléphoné à notre ambassadeur en poste à Tunis pour lui demander de rencontrer Yasser Arafat...

— Il l'a fait. Arafat est venu à l'ambassade de France. Il a promis d'agir, et il me semble qu'il a envoyé deux émissaires : l'un à Beyrouth, l'autre à Téhéran... Arafat était accompagné de son numéro 2 : Abou Iyad. Quand il est parti, Abou Iyad est resté. Il a pris l'ambassadeur de France à part, et il lui a chuchoté à l'oreille qu'il avait quelque chose à lui dire. L'ambassadeur a proposé d'aller dans son bureau, mais l'autre a refusé : il avait peur des micros. C'est donc dans le jardin, entre les arbres, qu'il lui a confié une information à laquelle, personnellement, j'ai refusé de croire lorsqu'elle m'a été rapportée. Il lui a assuré que, tandis que le gouvernement tentait de faire libérer les otages détenus au Liban, la droite française négociait de son côté avec le pouvoir iranien.

— Y a-t-il une preuve de cela ? De ce que vous avancez ?

— Attendez... Je poursuis... Un peu plus tard, l'ambassadeur reçoit un autre appel du Président. Celui-ci lui demande de rentrer en France immédiatement. Il va lui confier une mission secrète. Personne ne doit savoir qu'il est à Paris. Ni sa famille, ni le personnel politique... Personne, sauf le ministre des Affaires étrangères, Roland Dumas. Vous me suivez ?

— ...

— Et c'est exactement ce que fait l'ambassadeur : il annonce à sa secrétaire qu'il rentre en France pour des raisons personnelles. Une mère malade, ou quelque chose de ce genre. Il débarque à Paris en pleine nuit. Une voiture du ministère des Affaires étrangères l'attend. Elle fonce au Quai d'Orsay. Là, le ministre reçoit l'ambassadeur. Il lui indique que sur ordre du Président, il est envoyé en mission secrète à Téhéran. Nul ne le sait, nul ne doit le savoir. Motus, bouche cousue, rien à la presse, rien à personne. L'ambassadeur n'en revient pas. D'autant qu'il a toute latitude pour négocier. Carte blanche ! Avec, quand même, une ligne rouge : si Téhéran demande que Paris expulse les réfugiés politiques qui se trouvent sur le territoire national, c'est niet. La France a une tradition d'hospitalité qu'il convient de respecter. C'est son honneur... L'ambassadeur est même autorisé à rompre les négociations sur ce point. Voilà. Rappelez-vous : on est à cinq jours des élections législatives de mars 86. Et la majorité comme l'opposition se souviennent qu'en 79, Jimmy Carter a perdu face à Ronald Reagan parce qu'il n'avait pas été capable de libérer les otages américains détenus à l'ambassade américaine de Téhéran. Donc, il faut foncer. Et l'ambassadeur fonce. Il prend le premier avion pour Téhéran. Il n'a même pas de visa. Les autorités iraniennes doivent le lui donner à son arrivée. Quelque part, il tient le sort de son pays entre ses mains. C'est terrible, non ?!

L'entretien, mal mené, tournait court à cet endroit de l'échange. Après avoir été interrompus, les deux interlocuteurs reprenaient sur une digression qui mourait deux pages plus loin. Taro ferma le dossier. Il en ouvrit un autre.

Dans les sables du temps, trois silhouettes se détachaient du désert comme autant de colonnes de poussière. L'une donnait la main aux deux autres. Anna et les enfants. Elles apparaissaient tantôt le soir, tantôt le matin, parfois pendant les heures froides du jour, lorsque Gad se laissait aller au sommeil. Il se relevait alors et tournait dans sa cellule. Aux rêves anciens, le prisonnier préférait encore l'âpreté des terres battues sur lesquelles on l'avait jeté : les images d'enchantements révolus lui étaient trop douloureuses. Il les fuyait. Anna dans ses bras, à l'aéroport, avant l'embarquement, les deux garçons debout derrière la glace – eux ici, eux ailleurs : le bonheur n'existe que s'il se prolonge. La peur de la mort vient d'un inconcevable. Enfermé, Gad ne pouvait imaginer une suite à sa vie que lorsqu'il écrivait à Anna. Il attendait une réponse. Même si elle ne venait pas, il nourrissait seul un rêve que rien d'autre n'alimentait. Il pensait souvent à ces malades condamnés, souffrant sous morphine, qui, lorsque les doses manquent, supplient qu'on arrête là, une fois pour toutes. Il ne ressentait aucune douleur physique. La faim, la soif, le froid : insuffisants pour appeler un terme. Anna et les deux garçons : une immense souffrance sans soulagement perceptible.

Il avait été enlevé trois mois plus tôt. Il ignorait si son sort préoccupait son gouvernement ou d'autres puissants. Il survivait dans une cellule de cinq mètres carrés, sans ouverture sinon une niche creusée dans la pierre où tournait un ventilateur. Il dormait sur une paillasse, pissait dans une bouteille en plastique, se lavait une fois tous les deux jours dans une cave où un tuyau d'arrosage faisait office de douche. Parfois, il entendait des bruissements venus de l'extérieur, comme un tissu glissant sur la pierre, et il en déduisait que d'autres otages étaient traînés ici ou ailleurs.

Il en croisa deux, un matin qu'on le ramenait dans sa cellule après l'avoir conduit auprès d'un Libanais blessé auquel il avait administré des sulfamides. Deux hommes dont le visage était recouvert d'un sac en papier les empêchant de voir, deux silhouettes qui avançaient grotesquement, les mains tendues, et qui, passant près de lui, avaient murmuré quelques mots en anglais, d'après quoi Gad avait supposé qu'il s'agissait d'otages américains.

Il ne les avait pas revus.

Parfois encore, il entendait hurler non loin. Il s'asseyait alors sur sa paillasse, se recroquevillait sur lui-même, les mains collées aux oreilles, les coudes ramenés sur la poitrine, et il oscillait doucement, se berçant pour éloigner l'horreur.

Chaque fois qu'il percevait un bruit dans le couloir, il avait peur. Il avait appris à distinguer le pas du hadj de celui des gardiens plus jeunes, grands consommateurs de feuilletons américains, adorateurs de Rambo et des modèles du genre.

Ils vinrent à trois, par un matin de printemps. Gad les entendit approcher. Il se leva quelques secondes avant que la porte s'ouvrît : depuis le premier jour, il s'obligeait à recevoir ses tortionnaires debout.

Trois adolescents, dont le plus âgé n'avait pas vingt ans. Deux kalachnikovs pointées sur lui. Et un Browning.

« Tu es un espion israélo-juif.

— Tu as été jugé en ton absence par un tribunal antisioniste.

— Les juges t'ont déclaré coupable. Tu as été condamné à mort. »

Ils se jetèrent sur lui. Une gifle le lança contre le mur. Il tenta de s'agripper aux pierres, mais ils le prirent aux cheveux et le tirèrent en arrière. Ils lui écrasèrent les mains quand il voulut se retenir au chambranle de la porte. Il fut mis debout, poussé en avant par le canon d'une kalachnikov enfoncé dans les reins. Il vit une lueur, plus loin, la lumière du jour dans le hall de l'immeuble qu'on lui avait fait traverser au début de sa détention pour soigner le guerrier blessé. Le hall était vide. Le ciel rayonnait d'un bleu magique. Il ne le verrait plus. On le précipita en avant et, comme il allait tomber, deux poignes se refermèrent sur ses épaules. On le dirigea vers la gauche. Il se retrouva dans une cour bordée de piliers. Il n'en vit rien d'autre car un sac en papier fut enfoncé sur son visage. Il entendit claquer la culasse d'une arme. Le Browning. On le lâcha. Il aurait pu courir. Il se retourna. A travers la trame du papier, il distingua l'arme tendue vers sa tempe. Il ferma les yeux. Deux secondes passèrent. Puis trois. Puis quatre. Il y eut une détonation. Et des éclats de rire. Gad s'écroula. Il ne souffrait pas. Il haletait. Lorsque le sac en papier fut arraché, il découvrit une dizaine de jeunes garçons sortis de derrière les piliers qui applaudissaient à la bonne farce. L'un des Rambo gardait la pose, le Browning braqué vers le ciel. Les deux autres recueillaient les compliments de l'assistance.

Gad fut ramené dans sa cellule. Il tomba sur son matelas. Il avait cinquante ans. Il pleurait comme ses fils. Il ne bougea pas de l'après-midi ni de la nuit. On lui apporta une gamelle à laquelle il ne toucha pas. Le matin, très tôt, la porte de la cave s'ouvrit de nouveau. On jeta une paillasse près de la sienne. Gad se redressa et s'assit contre la pierre. Il regardait ses pieds. Il ne voyait rien d'autre. Il s'empara du bloc et du crayon que ses geôliers lui avaient laissé pour qu'il écrivît à sa femme.

Mon amour, ma chérie,

Un jour, ils me demanderont de les suivre et ils me tueront. Alors ce sera insupportable pour toi, mais pas pour moi, qui l'ai su dès le premier matin... Cette terreur qui te prend dans l'avion et dont je puis te dire, ma tendre chérie, qu'on s'y habitue...

Il entendit un bruit de pas dans le couloir. Il se leva. La porte s'ouvrit sur un homme aveuglé par un bandeau. On le poussa à l'intérieur. Il tâtonna, les bras tendus devant lui pour s'orienter, et se laissa tomber sur la paillasse que son pied avait foulée. Les verrous furent tirés.

Gad demanda en arabe :

« Parlez-vous ma langue ?

— Oui, répondit l'otage.

— Vous pouvez enlever votre bandeau. Il faudra le remettre quand vous entendrez leurs pas. »

Mais l'homme garda son masque.

« Ils vous ont pris il y a longtemps ?

— Ce matin.

— Où ?

— Chez mon marchand de journaux. J'allais à l'ambassade.

— Qui êtes-vous ?

— Je m'appelle Marcel Fontaine. Je suis vice-consul de France. »

Gad s'approcha de l'homme et posa une main sur sa cuisse.

« Enlevez votre bandeau, murmura-t-il. Je suis un ami. Ici, les amis doivent se reconnaître. »

Le vice-consul de France défit son bandeau. Ses doigts tremblaient un peu. Dans l'ombre environnante, il distingua le visage d'un homme hirsute et barbu dont les mains saignaient. Cet homme aux joues creusées, épouvantablement maigre, le regardait avec un sourire magnifique. Même si c'était un sourire d'une tristesse infinie. Un sourire au bord des larmes.

— ... Revenons un peu en arrière. Nous n'avons pas su aussitôt à qui nous avions affaire. Marcel Fontaine et Marcel Carton, qui était attaché d'ambassade, ont été enlevés le 22 mars 1985. Avec la fille de Carton. Je crois me souvenir que le Djihad islamiste a revendiqué ce double enlèvement, mais nous ne savions pas vraiment à quoi nous en tenir. C'est-à-dire à quelle porte frapper. Nos ambassadeurs s'agitaient dans leurs pays respectifs, sans obtenir de résultats. On ne négociait rien car on ne savait pas avec qui.

— Personne ne pensait à l'Iran ?

— Tout le monde, bien sûr ! Mais la diplomatie, ce n'est pas le café du commerce ! On ne discute pas d'une prise d'otages comme on joue aux dés ! L'Iran, c'est venu petit à petit. D'abord, on est allé à Beyrouth et, bien sûr, à Damas. Au Moyen-Orient, à cette époque-là, rien ne se faisait sans la Syrie. Et puis, après l'enlèvement de Kauffmann et de Seurat, on a admis de manière certaine que notre ennemi, c'était bien le Djihad islamiste. Le Djihad ne désignait pas une seule organisation mais plusieurs. Toutes se situaient dans la mouvance du mouvement chiite né après la révolution iranienne.

— Que voulaient-ils ? Pourquoi avaient-ils enlevé des otages français ?

— Parce que Paris et Téhéran étaient en guerre. Une guerre souterraine, mais une guerre. Ça avait commencé en 80, avec le début de la guerre Iran-Irak. Nous soutenions militairement l'Irak. On vendait des armes et des avions à Bagdad. Après, on a recueilli des opposants au régime des mollahs sur notre sol. Surtout, surtout, la police française avait arrêté tous les membres du commando qui avaient tenté d'assassiner Chapour Bakhtiar, le dernier Premier ministre du Shah d'Iran. Bakhtiar était la bête noire de Téhéran. Réfugié en France. Or, le chef du commando, Anis Naccache, était un ami personnel du patron des pasdarans iraniens, Rafig-Doust. Les tribunaux français l'avaient condamné à la prison à perpétuité. Il y avait tout cela. Plus la question de la dette Eurodif, un milliard de dollars, que le shah avait prêtés au CEA en échange d'une prise de participation de 10 % dans le capital de cette société d'exploitation d'uranium. Le régime de Khomeyni avait mis fin à cette coopération franco-iranienne et demandait le remboursement de la somme, ce que notre gouvernement refusait. Il y avait donc de très lourds contentieux entre les deux pays. L'enlèvement de nos compatriotes était une étape supplémentaire dans la guerre qui nous opposait.

— *Cette guerre a fait plusieurs victimes. A commencer par Michel Seurat.*

— Michel Seurat est tombé malade quelques mois après son enlèvement. On n'a jamais su exactement de quoi il souffrait. On a parlé du foie. Je n'ai pas de certitude sur cette question. Personne, d'ailleurs. Il a été soigné par un médecin, otage lui aussi. Je ne sais pas grand-chose de cet homme. C'était un médecin juif. Je ne connais pas son nom. Il a vu Michel Seurat à plusieurs reprises.

Le malade reposait sur un matelas, à l'écart des autres. Il était allongé sous une couverture. On distinguait mal son visage, masqué par un bandeau. Ses compagnons de cellule avaient également gardé le leur. Ils étaient assis sur leur paillasse, tels des fantômes. Ils scrutaient l'ombre, animée par des bruits. Comme tous les prisonniers, ils voyaient à l'oreille. Lorsque la porte se fut refermée et que la targette du verrou eut claqué dans son axe, Gad dit :

« Je suis médecin. »

Il avait parlé en arabe. Il redit la même phrase en anglais. Personne ne lui répondit. Il s'approcha du malade et s'assit sur le sol glacé, en tailleur, près du mur. Un bruit métallique creva le silence. Le cliquetis des chaînes percuta la conscience du médecin comme un choc de face. Il fut traversé par une image qui lui arracha un gémissement à peine refoulé, un sanglot intérieur, et il ferma les yeux sur une terre de décombres, trois pelletées jetées au-dessus d'un corps défait, sectionné par le milieu, précipité en fosse commune, sans qu'Anna et les enfants puissent jamais le retrouver.

Le bruit des chaînes rayant la terre lui avait fait comprendre qu'il serait abattu.

« Je suis médecin, répéta-t-il à l'oreille du malade, comme si le rappel de sa fonction en cet instant terrible était susceptible de le hisser sur le tabouret de l'existence. Je suis venu pour vous soigner. »

Il y avait cinq otages dans la cellule. Cinq formes emmitouflées dans des couvertures sales, chacune avec son pot à pisse et sa chaîne scellée dans le mur, à hauteur de l'épaule. Ils écoutaient. Gad se pencha sur le malade et abaissa doucement le bandeau de tissu vers le cou. Il posa sa main sur le front. L'homme ouvrit les yeux. Il n'y avait aucune demande dans son regard. L'expression d'une peine immense allant en ligne droite d'un point à un autre, d'hier à demain, comme le tracé d'un électroencéphalogramme plat.

« J'ai froid, murmura l'homme en arabe. Remettez mon bandeau. »

C'était le meilleur usage qu'ils pouvaient faire de ces pièces de tissu malodorantes qui protégeaient leurs gardiens d'une reconnaissance future. Tant qu'on les obligeait à s'en affubler, ils avaient un espoir de vie.

Gad chercha le pouls du malade sous la couverture. Puis il défit le lainage, la chemise et les journaux dans lesquels l'homme s'était enroulé pour échapper aux morsures du froid. Le corps était décharné, le foie trop lourd. Gad replaça les journaux, la chemise et le lainage, puis souleva le bandeau pour observer l'œil. Autour, les quatre fantômes masqués s'étaient insensiblement tournés vers lui. Enchaînés, raides, immobiles, ils surveillaient les froissements du papier, des tissus, observaient certainement les palpations par un interstice invisible. Ils veillaient leur compagnon.

Quand il eut fini, Gad se leva. Il marcha vers la porte. Quatre formes oscillèrent pour le suivre. Les chaînes raclèrent le sol.

« Il faut le faire manger convenablement. Je demanderai une prise de sang. »

Il hésita, revint vers le mur et s'approcha d'un des otages. Il avait choisi celui qui se trouvait le plus au bord. Il s'agenouilla et très bas, en anglais, dit :

« Il ne s'en sortira pas s'il reste là. »

On le remercia en français.

Gad cogna à la porte pour sortir.

Deux jeunes Libanais l'escortèrent dans le lacis des couloirs. Il les connaissait. Ce n'étaient pas les pires. L'un d'eux lui avait expliqué qu'il n'était pas ravisseur mais seulement gardien. Il gagnait sa vie ainsi, en offrant ses services au hezbollah qui l'employait épisodiquement à des tâches de cette nature. C'était un job saisonnier, en quelque sorte.

Contrairement à la plupart des autres, ces deux-là ne singeaient pas les haltérophiles des films américains. Gad leur dit que le malade qu'il venait d'examiner mourrait s'il n'était pas suivi médicalement. Il fallait l'hospitaliser. Pratiquer une transfusion sanguine.

« Je crois qu'il a une hépatite. »

Ils ne connaissaient pas le mot.

— Revenons à la mission secrète de l'ambassadeur de France en Tunisie. La dernière fois que nous l'avons évoquée, nous étions à quelques jours seulement des élections législatives de mars 86.

— Oui. Sa mission va être compliquée par un nouvel enlèvement : le 8 mars 1986, quatre journalistes d'Antenne 2, Philippe Rochot, Georges Hansen, Aurel Cornéa et Jean-Louis Normandin, sont enlevés dans la banlieue sud de Beyrouth. L'enlèvement est revendiqué par l'Organisation de la Justice Irakienne, qui semble être liée à l'opposition irakienne.

— Pourquoi l'Irak ?

— Parce qu'une opération de police inconsidérée menée à Paris avait conduit à l'arrestation de deux Irakiens opposants au régime de Saddam Hussein et proches de l'Iran. Ils avaient été renvoyés à Bagdad et aussitôt emprisonnés. Vous imaginez la colère des organisations politiques, et aussi de Téhéran. Ces hommes risquaient la mort. Le grand responsable de cette catastrophe, c'était le petit Satan : la France. Admirez la sottise des flics français, ou de certains de leurs responsables : l'ambassadeur est dépêché à Téhéran alors que tout se complique en raison de l'expulsion des deux opposants à Saddam Hussein ; au moment où le gouvernement se trouve confronté à une nouvelle demande des autorités iraniennes : la libération des deux Irakiens. Cette demande s'ajoute aux autres... Pendant un certain temps, tout le monde se démène pour tenter de sauver la tête des deux hommes expulsés vers l'Irak. Paris dépêche à Bagdad deux diplomates de haut rang. Saddam Hussein, qui se trouve sur le front, est joint personnellement. Sans doute par la présidence, sinon par le Président lui-même. Et, miracle, il accepte non seulement de gracier les deux hommes, mais aussi de les renvoyer en France. Ce problème-là va donc se régler quand l'envoyé spécial du Président atterrit à l'aéroport de Téhéran.

Il arrive en pleine nuit, sauf erreur. Une poignée de hauts fonctionnaires l'attendent au pied de la passerelle. On le conduit directement à l'extérieur de l'aéroport, sans passer par la douane et les contrôles. Le chargé d'affaires de l'ambassade de France l'attend dans sa voiture. Sur le chemin, il lui apprend que, selon ses informations, des négociateurs délégués par l'opposition se trouvent à Téhéran. L'ambassadeur lui demande s'il a prévenu Paris. L'autre se trouble. Il répond que non.

L'ambassadeur n'insiste pas : même si les Palestiniens lui ont déjà donné l'information quelques jours auparavant, il n'y croit guère : ce serait trop énorme. Bref, il finit par se retrouver dans le bureau du chef des pasdarans, Rafiq-Doust. C'est avec lui qu'il négocie. Dans la pièce, ils sont six : Doust, Sadek – son bras droit –, le chargé d'affaires et deux hommes en tenue traditionnelle.

— Beaucoup de monde pour une négociation secrète !

— Pour les Iraniens, je ne peux rien vous dire. En France, nous avons une règle selon laquelle toute négociation, même secrète, doit être suivie par deux personnes. Il faut que les dépêches soient signées et contresignées. Donc, l'ambassadeur est à l'œuvre, sous le regard du chargé d'affaires. Les deux hommes en costume traditionnel écoutent sans rien dire. Mais de temps en temps, ils quittent la salle pour revenir quelques instants plus tard. Ce détail a son importance...

En préambule, hypocrisie diplomatique oblige, Rafiq-Doust déclare que l'Iran n'est pour rien dans l'enlèvement des otages français, et que, par conséquent, il ne pourra pas aider à leur libération. Puis il expose les griefs de son pays à l'encontre de la France. A partir de là, on négocie. Et après plusieurs heures de discussions à bâtons rompus, les deux parties finissent par s'entendre sur presque toutes les questions litigieuses. Eurodif : on accepte de négocier le remboursement de la dette. Les prisonniers irakiens : ils vont rentrer en France. Les livraisons d'armes à l'Iran : malgré l'embargo officiel, elles n'ont jamais cessé (même si elles sont vendues à prix d'or par les intermédiaires). Reste le point le plus délicat : Anis Naccache.

— Que demandait Téhéran ?

— La grâce de tous les membres du commando qui avaient tenté d'assassiner Chapour Bakhtiar.

— Comment celle-ci pouvait-elle être obtenue puisque les coupables avaient été condamnés à des peines de prison à perpétuité ? En plus, un policier avait trouvé la mort au cours de l'attaque...

— La grâce dépendait du seul président de la République. François Mitterrand. Et, sur cette question, après avoir pas mal évolué, sa position était simple. Il était d'accord pour offrir sa grâce à Anis Naccache, ainsi qu'aux autres, mais pas en une seule fois : tout au long de son septennat. Il a toujours refusé d'échanger un otage contre un membre du commando – comme on le lui demandait –, considérant que la vie d'un innocent ne pouvait être troquée contre celle d'un coupable. Et il était également opposé à une libération groupée. Il considérait qu'un élargissement progressif constituait un moyen terme acceptable par tous.

— Même par Rafiq-Doust et Rafsandjani ?

— Finalement, oui.... Je crois que la négociation a duré deux jours, avec un arrêt d'une nuit. C'est au cours de cette nuit que notre envoyé spécial a rédigé un télégramme adressé au ministre des Affaires étrangères. Télégramme codé par le chiffreur de l'ambassade de France, signé par l'envoyé spécial et contresigné par le chargé d'affaires.

— Qui disait ?

— Qui précisait les termes de l'accord. Sur tous les points que nous venons d'évoquer.

— Que s'est-il passé ensuite ?

— L'accord a été rédigé puis signé par Rafiq-Doust, notre négociateur et le chargé d'affaires de l'ambassade de France à Téhéran. Nous devions être jeudi ou vendredi. Il était prévu que les otages seraient libérés à Damas le samedi – veille du scrutin. L'Iran avait offert de mettre un avion militaire à notre disposition pour récupérer les otages. Le soir, après la signature, notre négociateur a téléphoné au ministre des Affaires étrangères, Roland Dumas, afin qu'il se prépare à rejoindre Damas... Comme vous le savez, il n'y est jamais allé.

— Pourquoi ?

Marcel Fontaine était parti au début de l'automne. Depuis, Gad était seul dans sa cellule. Longtemps, il s'était demandé pourquoi, lorsqu'ils faisaient irruption dans la cave, ses ravisseurs n'exigeaient jamais de lui qu'il se dissimulât les yeux comme le faisaient le diplomate français et tous les autres. C'était le premier commandement et l'exigence la plus importante. S'y soustraire conduisait à la torture. Gad connaissait tous les pièges tendus par les bourreaux pour s'assurer qu'on ne les voyait pas au travers des cagoules et des bandeaux. Il avait vu Terry Wait demeurer impassible face à un Rambo qui l'avait soudain braqué avec son arme. Ou d'autres, être emmenés et frappés parce qu'ils s'étaient laissé surprendre. Pas lui. Et jamais non plus il n'avait été enchaîné.

Le jour où il avait été introduit dans la cellule de l'otage malade, il avait compris pourquoi.

Il avait écrit une lettre à sa femme :

Ma chérie,

Aujourd'hui, en voyant quatre otages enchaînés, j'ai réalisé que je bénéficiais d'un régime différent. Je suis libre. Ils ne me masquent pas les yeux et ne m'attachent pas. Je pourrais tenter de fuir. En quelque sorte, ils m'en donnent les moyens. Ils ne cherchent pas à me retenir. Les autres sont des monnaies d'échange. On peut les troquer. Ils ont de la valeur. Si cette valeur est bien monnayée, ils sortiront. Ayant eu les yeux masqués depuis le premier jour, la première heure, ils ne reconnaîtront pas leurs bourreaux. Ils ne pourront pas les dénoncer. Moi, si. A condition qu'ils me libèrent. Ce qu'ils ne feront pas. Personne ne paiera pour un médecin juif. Je ne vaux rien. Je ne suis rien. Ils le savaient quand ils m'ont pris au lasso, il y a si longtemps. Peu leur importe que je tente de m'enfuir : ils m'abattraient. Peu leur importe que je les voie et puisse les reconnaître : ils m'abattront.

Nous ne nous reverrons plus, mon amour.

Il n'envoya pas la lettre.

Pendant les semaines qui suivirent, il s'habilla des vêtements de la mort. La certitude de ne pas survivre lui conféra une force, et même une insolence à l'égard de ses bourreaux. Le hadj entra un jour dans sa cellule. Il le chassa. Gad, comme les autres, s'était fabriqué un espace sacré. Celui-ci était délimité par les bordures de sa couche. Il vivait sur sa paillasse et ses abords immédiats, c'est-à-dire les quelques centimètres carrés sur lesquels il avait disposé le bloc de papier et le stylo grâce auxquels il correspondait avec Anna et les enfants, le seul livre qu'on lui avait apporté depuis son enlèvement (*Le roi est nu*, d'Alberto Moravia), le pot à pisse, la gamelle, la fourchette, le mauvais savon et un dé oublié ou perdu par un Coréen qui avait partagé sa cave pendant deux jours. Comme tous les otages, il défendait cet espace de survie, dernier bien qu'il possédât, avec toute son énergie. Nul n'était autorisé à marcher sur la couverture si elle débordait, ou à effleurer du pied le gobelet ou le livre. Lorsque cela se produisait, Gad demandait sévèrement qu'on s'éloignât.

Ce jour-là, quand le hadj pénétra dans la cave, Gad lui ordonna de reculer de deux pas : sa robe touchait le matelas. Comme l'autre ne bougeait pas, le médecin se dressa d'un bond et, debout sur la couverture, les poings serrés, il hurla qu'il ne répondrait plus aux questions posées, qu'il ne parlerait plus, ne soignerait plus quiconque, ne se nourrirait plus tant qu'on profanerait sa couche.

« C'est ma maison ! »

Le hadj sortit.

Gad s'assit, appuyé au mur. Il prit le bloc de papier et écrivit à sa femme :

Ma chérie,

Je protège mon matelas comme si c'était notre maison et que tu devais y venir. Je t'attends là, entre mes objets, tous rangés avec le soin dont tu entourais l'architecture intérieure de notre chambre, quand j'y dormais entre tes bras, à l'époque de la vie et des rêves…

La porte s'ouvrit de nouveau sur le hadj. Il resta à distance. Il dit que des négociations s'étaient ouvertes à Téhéran, que les otages français allaient certainement être libérés. Gad tendit la lettre et demanda qu'elle fût postée à la même adresse que celle qu'il avait donnée le premier jour : celle de ses beaux-parents, en France. Le hadj s'inclina légèrement et la prit. Il dit qu'elle serait envoyée dans la journée. Comme les autres. Comme toutes les autres.

Il sortit de la cave. Il roula la lettre dans sa main, la pétrit, en fit une boulette qu'il jeta sur le sol. Comme les autres. Comme toutes les autres.

Le 7 janvier, à 19 h 30, une Aston Martin vert bouteille s'arrêta devant les éditions Robert Laffont. Taro, qui arrivait au même moment, reconnut le chauffeur. Freddy Borgne descendit. Il arborait une pochette flamboyante faite d'une rose et d'une tulipe séchées et entremêlées. Il shoota dans la portière pour la refermer.

« Vous allez la bousiller ! s'écria Taro, consterné.

— Ça marche à tous les coups ! s'amusa Freddy Borgne. Regardez… »

Il rouvrit la portière, posa le pied sur la poignée et poussa.

« L'astuce, c'est de bien viser pour ne pas toucher la carrosserie… Je me suis exercé, vous pensez bien ! »

Il prit Taro sous le bras et l'entraîna sur l'avenue. Ils allèrent, rien et *Varon Dandy Platinum* bras dessus bras dessous.

« Le principe, dans ce genre de rendez-vous, c'est de se faire attendre. Arriver à la limite du supportable.

— Vous la chiffrez à combien, cette limite ?

— Si je paie, ça peut aller jusqu'à une heure. Si je reçois le chèque, pas plus de quarante-cinq minutes… Un peu plus si je donne un petit coup de fil pour prévenir de mon retard. »

Freddy Borgne sortit son portable de la poche d'un manteau de peau gris doublé de fourrure noire.

« D'ailleurs, c'est ce que nous allons faire…

— Je n'ai pas vraiment le temps, objecta Taro.

— Aucun souci ! Là-haut, nous en avons pour dix minutes. Pas plus. »

Freddy Borgne composa un numéro. Tomba sur une boîte vocale. Laissa un message :

« Narbé, je suis désolé, mais j'étais à l'Elysée… Avec le Président… Je le dépose chez lui et j'arrive !

— Vous êtes gonflé ! commenta Taro après que Freddy Borgne eut refermé son appareil.

— C'est tout moi, d'après ce que disent mes amis. »

Il referma le col de son manteau, enfouit les mains dans ses poches et poussa ses Berluti plus loin sur le trottoir.

« A part Z, j'ai d'autres affaires à vous proposer…

— Du même genre ?

— En mieux. Ça vous inspirerait ?

— Pas vraiment.

— Je vous offre la moitié des plus grands sportifs du monde, et vous faites la fine bouche ?! C'est comme un prêt-bail ! Un viager qui va vous rapporter tout au long de votre vie !

— Merci, fit Taro.

— Ces gens-là veulent écrire. Fabriquons-leur des livres, des mémoires, des témoignages ! Inventons-leur des enfances terribles, des mères battues, des pères alcooliques, des petites sœurs violées ! Ça marche, ces affaires-là ! Tous nos garçons ont des valises en carton dans leurs armoires ! Sortons-les ! Vidons-les ! Si nous ne le faisons pas, d'autres nous crameront le coup ! poursuivit Freddy Borgne. Baissons-nous, ramassons et empochons ! »

Il s'enflammait.

« Pourquoi croyez-vous que je cultive nos petits joueurs ? »

Taro lui demanda quel était son rôle auprès de Z.

« Je suis son agent… C'est comme dans un pré. Au milieu, il y a les joueurs. Autour, il y a ceux qui les demandent. Entre les deux, trônent les intermédiaires. Les agents. Chaque joueur a un agent pour le sport, et un agent, ou plusieurs, pour les produits dérivés. Lesquels sont issus du produit principal : le mouton dans le pré. Nous, on s'occupe de la laine. On tond.

— C'est votre boulot ?

— Je partage. J'ai plusieurs bestioles. »

Il fit ha ha ha, ce qui ramena Taro à ses propres moutons. Ils avaient dépassé la boutique Hermès. Comme ils redescendaient, il revint à petit a).

« Vous souvenez-vous du jour où nous nous sommes croisés au Ritz ?

— Quand vous bouffiez avec un troupeau de nègres, ha ha ha ?

— S'il vous plaît », dit Taro, glacé.

Freddy Borgne s'esclaffa :

« C'est une blague, mon vieux ! N'allez pas penser que je suis raciste ! Si je l'étais, je ne bosserais pas avec un Narabe !

— Sauf s'il vous apporte des milliards !

— Il est vrai que l'argent n'a pas d'odeur. »

Il renifla.

« Ce jour-là, au Ritz, poursuivit Taro, répandant une couche de béton armé sur son dégoût, vous déjeuniez avec une jeune femme.

— Cela m'arrive.

— Elle était merveilleusement belle.

— Comme toutes.

— Elle se parfume *Sotto Voce,* de Laura Biagiotti.

— Je n'ai pas de nez.

— Une brune coiffée d'un chignon. De très longues jambes sur talons aiguille. »

Freddy Borgne manifesta une certaine perplexité : il ne se souvenait pas.

« Pourtant, j'ai une excellente mémoire ! »

Taro insista : elle portait un tailleur noir, elle avait une grosse émeraude à la main droite...

« Je connais des femmes, mais pas avec émeraudes... Quand était-ce ? Quel jour ?

— Une semaine avant Noël.

— Ne quittez pas. »

Ils entrèrent dans le hall des éditions Laffont. Il était désert.

« Le Palm est mon pilote. »

Freddy Borgne sortit un agenda électronique de sa poche. Il le consulta tout en marmonnant :

« Une brune avec émeraude… Tailleur noir… Ah ! C’était certainement le jeudi 23 ! »

Il referma son engin.

« Evidemment ! »

Il se tourna vers Taro. Un sourire réjoui éclairait son visage.

« Ma femme ! »

Taro ne put s’empêcher d’admirer :

« Vous êtes très fort.

— C’est tout moi ! »

Un homme apparut en haut des marches. Il s’enquit de l’identité des visiteurs, les pria de le suivre et les précéda dans un couloir qui tournait une fois à droite, deux fois à gauche avant de mourir en cul-de-sac à la porte d’un bureau dans lequel deux hommes attendaient, l’un grand en costume gris, l’autre très grand en costume gris, tous deux portant une cravate, l’une beige, l’autre verte, l’un Narbé, l’autre son second, l’un PDG, l’autre DG, il n’y avait pas de G.

« Ha ha ! s’exclama Freddy Borgne en tendant deux mains simultanées qu’il rattrapa avant qu’on les eût prises car le Nokia *will survivait*… C’est Zou ! »

Il décrocha.

« Zou ? s'enquit Narbé.

— Z », dit Taro aux éditeurs.

Ils marquèrent une lueur d'intérêt.

Freddy Borgne revint vers eux après avoir rangé le Nokia dans sa poche.

« Il ne me lâche plus, ce foutu Z. Je crois que je vais signer ce contrat et après, qu'il aille se faire voir !

— C'est quoi ton histoire de Président et d'Elysée ? demanda Narbé.

— J'étais avec le Président, à l'Elysée, c'est tout !

— Et tu veux me faire croire que tu l'as ramené chez lui ! »

Taro observait, réjoui. Il se demandait comment Freddy Borgne allait se sortir de cette ornière. Il y eut un petit silence.

« Je n'ai pas le droit d'aller à l'Elysée-Montmartre avec Mimi et son Président ?

— Mimi ? demanda Taro.

— Sa femme, répondit Narbé.

— Une grande brune ?

— Plutôt potelée et pas brune : rousse.

— Merci », fit Taro.

Freddy Borgne haussa les épaules et désigna le bureau.

« On signe ?

— D'abord, on parle. »

Taro fut mis sur la sellette. Quel livre comptait-il écrire ? Quand le rendrait-il ? Quelle date de publication pouvait-on envisager ? Il répondit qu'il réservait l'ensemble de ses réponses jusqu'au moment où il aurait rencontré Z. Alors, et alors seulement, il serait capable d'envisager une méthode, un fond, une forme, une pagination, une date de remise et une autre de sortie.

« Normal, apprécia le DG.

— On signe ? redemanda Freddy Borgne en consultant sa montre.

— Il reste un petit détail », objecta Narbé.

Taro dressa l'oreille.

« On a beau être amis depuis...

— ... Vingt ans, compléta Freddy Borgne.

— Un an maximum, rectifia Narbé.

— Ce qui prouve bien que nous sommes *très* amis : nous avons mis vingt fois moins de temps que les autres.

— Etant donné la somme que tu demandes, et même si les années comptent double, j'aimerais bien avoir une copie du contrat qui te lie à Z.

— Comment ?! » fit Freddy Borgne.

Il se dressa d'un bond du siège sur lequel il avait pris place.

« Hein ? »

Taro replia ses pieds sous lui.

« Je ne te l'ai pas donné ?

— Non.

— Comment se fait-il ? Attends... »

Il fit trois tours dans la pièce, Nokia à l'oreille.

« Priscilla ? Le contrat Z ! Vous ne l'avez pas transmis à Narbé !

— Non, dit Narbé, très sûr de lui.

— Priscilla, branchez le fax et envoyez la sauce ! »

Il masqua le récepteur.

« Le numéro du fax ? »

Le PDG se tourna vers le DG qui, après avoir consulté l'appareil, le donna.

« Dans une seconde, vous avez le doc », affirma Freddy Borgne en élevant deux bras pacificateurs à l'adresse de la double direction en gris.

Le fax sonna, clignota et reçut deux feuillets qui passèrent des mains du PDG à celui du DG. Quand il fut définitivement avéré que Freddy Borgne et sa société étaient habilités par Z lui-même (qui avait signé le document) à négocier tous droits principaux, secondaires et dérivés relatifs à l'exploitation de son nom sur tous supports y compris T-shirts, briquets, livres (illustrés ou non), films et autres, Narbé posa un dossier sur son bureau. Tous paraphèrent à chaque page et signèrent à la dernière. Au terme de quoi, Freddy Borgne et Taro reçurent chacun un chèque correspondant à la moitié de l'à-valoir préalablement négocié. L'un pour Blanc, l'autre pour Noir.

« Et après ? Que s'est-il passé après la séance de signature ?

— Freddy Borgne a continué à me mener en bateau jusqu'au moment où l'éditeur s'en est mêlé. »

Blanche Nègre approuva d'un mouvement bref de la tête. Elle ne s'était ni maquillée, ni parfumée. Elle sentait l'autorité et le tabac blond. Plaire ne lui importait plus. La phase d'appropriation semblait largement entamée.

« Poursuivez.

— Un matin, il m'a téléphoné. Pour une fois, le message était très simple : il me demandait d'appeler Z le surlendemain, entre vingt heures et vingt heures quinze. Il a précisé : "Si vous ratez le créneau, c'est foutu !"

— Vous l'avez cru ?

— Non. Mais il m'a quand même donné un numéro de portable italien qui commençait par 00 39 33 53... »

Taro avait appelé. Le surlendemain, à vingt

heures dix. Il avait le trac. Pourtant, il s'était préparé. Il avait longuement hésité sur la manière dont il le nommerait. Z avait décroché lui-même. Taro avait reconnu sa voix aussitôt. Z avait dit *Allô ?* et Taro avait demandé s'il pouvait parler à *Monsieur Z.*

— *C'est moi.*

— *Je vous appelle de la part de Freddy Borgne.*

— *Oui...*

Il ne l'avait pas aidé, mais, après tout, il n'avait pas à le faire. Taro lui avait demandé s'il pourrait le rencontrer bientôt. Z avait dit *Oui, si vous voulez... Quand je monterai à Paris.*

« J'avais peur qu'il ne m'échappe. Pour une fois que je le tenais, je voulais pousser mon avantage, le ferrer et l'amener à moi. Je lui ai demandé s'il savait quand il viendrait. Il a dit *Oui, la semaine prochaine. Je serai à l'entraînement à Clairefontaine.*

— *Je pourrais vous y retrouver ?*

— *Oui.*

Il m'a proposé le mardi. Voilà. Ça a été très simple. »

Blanche Nègre écoutait sans bouger, désormais captivée.

« Sur quel ton vous parlait-il ?

— Très doucement. Parfaitement aimable. Je crois qu'il était aussi intimidé que moi.

— Par vous ?

— Par la situation.

— Vous êtes donc allé à Clairefontaine.

— Oui.

— Avec quelle voiture ?

— La Renault de Laure. »

Elle fronça les sourcils.

« Laure ? »

Il se rappela qu'elle n'avait pas encore lu une seule page du livre qu'il écrivait.

« Une amie.

— Elle n'a pas demandé à vous accompagner ?

— Non. Elle a seulement posé une condition que j'ai bien été obligé d'accepter.

— Laquelle ?

— Cela ne regarde qu'elle et moi. »

Blanche Nègre plissa les paupières mais n'insista pas.

« De toute façon, vous le saurez bientôt.

— Très bien, dit-elle... »

Elle chaussa une paire de lunettes griffées *Chanel,* fouilla dans un dossier, choisit une feuille qu'elle posa devant lui.

« Voici le début que vous me proposiez lors de notre première séance. Je l'ai enregistré puis fait décrypter. »

Il lut :

On commencerait sur une route de campagne. Dans les Yvelines. Une voiture filerait à travers un rideau d'arbres, tôt le matin, un jour de printemps. Elle ralentirait à l'entrée d'un village puis virerait devant un panneau indiquant Clairefontaine. Le conducteur suivrait un chemin creux et s'arrêterait devant une barrière. Un gardien s'approcherait. Le conducteur demanderait à voir Z. Il dirait : Nous avons rendez-vous.

N'ayant pas été prévenu, l'autre refuserait de laisser passer la voiture. Le conducteur insisterait. En vain. Alors il s'embarquerait dans une marche arrière intrépide, changerait brutalement de cap, foncerait sur les plates-bandes des bas-côtés, arrachant la barrière au passage. Dans le rétroviseur, il verrait voler des éclats de bois rouge et blanc. Il penserait : Cours, camarade, le vieux monde est derrière toi.

Il reposa la feuille.

« Vous ne vouliez pas poursuivre après la barrière. Vous souhaitiez commencer le livre plus tôt, dans un café parisien, par un matin d'automne.

— Je me souviens, reconnut Taro.

— L'avez-vous fait ?

— Pas exactement.

— Quelque chose, aujourd'hui, vous empêche-t-il de reprendre à la barrière, après l'avoir franchie ?

— Rien, dit Taro.

— Alors emmenez-nous. »

Il fonça, autant qu'on puisse le faire avec une guimbarde aux suspensions approximatives, descendant un chemin bordé d'arbres qui serpentait jusqu'à un château imposant dont la pierre de taille apparaissait entre les cimes. Il découvrit une large esplanade gravillonnée. Au-delà, les bois filaient vers des terrains d'entraînement, des pelouses alignées au cordeau, des constructions basses, un parking où il fut prié de garer son clou. Car il était attendu. Une demi-douzaine de vigiles en blazers bleu marine lui barraient le passage. Ils lui indiquèrent une place entre une Audi Quattro toutes options et une Porsche grise aux vitres fumées, immatriculée en Italie. La sienne, pensa Taro en descendant sans honte de sa carcasse avachie.

Il fut encerclé.

« Que faites-vous là ? Qui êtes-vous ? Que voulez-vous ? Pourquoi avez-vous forcé le passage ? »

Il dit : « J'ai rendez-vous avec Z.

— Remonte dans ta caisse et décanille. »

Ce fut ainsi formulé, sans préséance superfétatoire.

Taro refusa de bouger : il n'avait pas fait tout ce trajet pour se laisser éjecter *manu militari* par six mastards au crâne rasé.

« Si tu ne pars pas tout seul, on va t'aider. Ça va faire mal.

— Au moins, informez Z de ma présence.

— Des comme toi, il en reçoit quinze par jour.

— Et vous les accueillez pareillement ?

— Pire. Toi, on a pitié. »

L'une des barbouzes montra la Renault.

« A cause de ta semelle.

— Si on te jette dedans, elle va tomber. »

Ils en étaient au point où il devenait urgent d'agir. C'est alors que, comme un vol de gerfauts hors du charnier natal, fatigués de porter leurs misères hautaines, trois footballeurs en short, ivres d'un rêve héroïque et brutal, passèrent à petite foulée dans les parages immédiats. Taro leva le bras pour attirer leur attention et cria :

« Z ? »

Sans cesser de courir, l'un des footballeurs montra le parvis du château. Un homme suivait la scène du regard. Il était vêtu d'un sweet échancré. Sa main, élevée en visière sur le front, empêchait de voir son visage. Il adressa un signe aux vigiles qui s'écartèrent de Taro :

« C'est ton jour, mon pote. Profites-en. »

Mon Pote se retrouva soudain libre. Le vol de gerfauts s'était égaillé vers l'est, aux bords mystérieux du monde Occidental. L'homme debout sur le parvis n'avait pas bougé. Pote confia son destin à Taro, qui parcourut les quelques mètres le séparant de l'escalier, gravit les quinze marches le menant à l'entrée du château, marqua l'étape en tendant une main ferme qui fut prise par une main molle, dit Je m'appelle Taro et tendit l'oreille pour ne rien perdre.

« Venez avec moi. »

Timbre doux, tessiture moyenne, accent chantant.

Ils pénétrèrent dans l'enceinte du château. Le style Renaissance avait été largement fécondé par le siècle finissant, dont l'architecture patinait le décor : peinture bleu pâle, comptoir de réception, distributeurs de boissons à tous les étages.

Ils suivirent un couloir pas beau, poussèrent une porte hideuse et se retrouvèrent dans une pièce moche. Un billard et un baby-foot trônaient au centre. De hautes fenêtres ouvraient sur le parc de Clairefontaine. Z avait le regard bleu pailleté. Il s'assit sur une chaise et dit :

« J'ai été blessé à Athènes, pendant les quarts de finale de la Ligue des champions. »

Il paraissait très triste.

Il se massa la jambe en grimaçant. Taro posa quelques questions bien élevées relatives aux bobos et à l'arnica. Un inconnu entra. Il était vêtu d'un survêtement blanc. Il portait une petite valise qu'il posa sur une chaise. Z tendit la jambe. L'homme la prit, retroussa le bas du pantalon et tâta.

« Là ?
— Non.
— Là ?
— Non.
— Là ?
— Oui ! »

Lorsqu'il souffrait, Z écartait les lèvres, ce qui avait pour effet de remonter les joues, rétrécir la fente oculaire, montrer les dents, et susciter autour de lui des mimiques similaires plus atténuées, comme une douleur en modèle réduit, ce que Taro nomma compassion. Lui-même et l'inconnu – dont il apprendrait plus tard qu'il était le kiné attitré de l'équipe de France – furent donc les deux premiers témoins de l'expression d'une peine due à une déchirure musculaire de la cuisse droite chez Z.

Le kiné sortit un aérosol de sa valise et en vaporisa la jambe malade. Puis il fixa sur la peau une bande renforcée équipée d'électrodes.

« Garde ça une heure. Après, je reviendrai.
— Je pourrai jouer contre l'Arménie ?
— Non.
— Et l'Ukraine ?
— Peut-être. »

Taro avait sorti son magnétophone et se tenait prêt. C'était un petit appareil japonais de type *reverse* à micro incorporé. Les piles étaient neuves.

Le kiné s'en fut. Z leva un regard soucieux vers son interlocuteur. Il se frottait la cuisse.

« Je suis désolé, dit Taro.
— Merci », dit Z.

Il y eut un silence. Un long silence. On entendait la peau de la paume frotter la peau de la cuisse, avec les poils entre. Taro songea que les entretiens seraient difficiles à mener. Il ne savait pas comment appeler Z. *Monsieur Z,* c'était ridicule. Il n'était pas un monsieur. En costume-cravate, sur les photos, il semblait gourd et emprunté. Il n'était plus un jeune homme non plus. Peut-être un homme jeune. Comment doit-on appeler un homme jeune, une personne d'une extrême timidité que toutes les télévisions du monde, les radios, les journalistes, des millions de fans recherchent ?

« Vous êtes au courant, pour le livre ?

— Oui », dit Z.

Puis plus rien. Les poils vibrèrent entre la peau de la jambe et celle de la paume. Taro montra le magnétophone :

« Ça ne vous dérange pas si j'enregistre ?

— Non », répondit Z.

Il frottait. Taro poussa simultanément les touches *play* et *record.*

Dix secondes passèrent.

« Je dois quand même vous dire que je ne connais rien au foot. »

Z arrêta sa main au niveau de la rotule. Il lança un regard intéressé à l'homme qui se trouvait en face de lui et qu'il n'avait pas encore véritablement observé. Il identifia un individu mal à l'aise, une fesse sur sa chaise, l'autre prête à fuir ; en velours et laine, ce qui ne se pratiquait pas dans son entourage ; chaussé cuir noir, une rareté ; qui ne connaissait rien au foot : un cas.

« Pas de problème », apprécia-t-il.

Il revint à sa jambe.

« Où souhaitez-vous qu'on se voie ?

— N'importe où.

— Ici ?

— Oui… Mais je n'y suis pas souvent.

— Où êtes-vous ?

— A Turin.

— Voulez-vous que je vienne à Turin ?

— Pour quoi faire ?

— Le livre ! »

Z reposa sa jambe et planta son regard bleu dans l'œil de son interlocuteur.

« Pour ce livre, un contrat a été signé ?

— Oui.

— Quelle somme ? »

Taro la donna.

« On a signé pour moi ?

— Oui.

— Qui ?

— Freddy Borgne. Il m'a appelé un jour d'Italie. Il était avec vous.

— Il n'est jamais venu en Italie.

— Vous vous êtes parlé plusieurs fois au téléphone.

— Jamais. »

L'œil devint mauve. Puis il vrilla. Les molaires se rejoignirent, faisant saillir une boule au coin des maxillaires. Les mains restèrent parfaitement planes sur les jambes. Il sembla à Taro que Z buvait une tasse d'acide chlorhydrique, comme si c'était de l'eau. Bien que la rage lui déchirât le ventre, aucune humeur ne passait le cap d'une bouche close, aux lèvres seulement légèrement bleuies.

« Où avez-vous signé le contrat ?

— Chez l'éditeur.

— Freddy Borgne a-t-il montré le papier indiquant qu'il était mon agent ?

— Il l'a fait envoyer par fax.

— Par fax », répéta Z.

Il tendit ses deux jambes devant lui, les souleva puis les abaissa sans toucher le sol. Cela dix fois. Taro se promit d'essayer chez lui.

« Freddy Borgne est un escroc.

— Je m'en doutais un peu, reconnut Taro.

— Le document que vous avez signé chez l'éditeur est sans valeur. C'est un faux.

— Tant pis », dit Taro.

Il se disait : Tout cela pour ça ! Il était triste. Submergé par la déception.

« Il ne s'est jamais trouvé à Turin, dans votre chambre ?

— Jamais.

— Et jamais non plus il ne vous a téléphoné d'une maison d'édition ou d'une autre ?

— Jamais.

— Et vous ne l'appelez pas…

— Jamais. »

Taro replia le magnétophone dans sa poche.

« Vous ne m'en voudrez pas, mais, dans ces conditions, je renonce au livre. »

Il se leva. Z le regardait avec intérêt. Il se frottait de nouveau la jambe.

« Vous partez ?

— Oui. »

Z se leva à son tour.

« Je vous ferai téléphoner par mon agent. »

Tout en serrant la main que Taro lui tendait, il ajouta :

« Le vrai. »

Il était grand. Il était mince. Il mesurait ses gestes et ses propos. Il regarda le type en velours et laine chaussé cuir noir s'éloigner vers une voiture datant d'une époque incertaine, puis il tourna les talons et s'en fut dans les étages. Il emprunta le couloir des chambres, foula une moquette décorée de coqs tricolores et poussa la porte de la chambre 23. C'était une pièce confortable, haute de plafond, équipée d'une cheminée et d'un téléviseur. Z sortit sur le petit balcon en pierre, regarda sans le voir le terrain de sport qui prolongeait le stade couvert, puis il dégaina son portable et composa le numéro de Bill Fumagore.

« C'est un type très normal, répéta Taro avec exaspération. Il a deux mains, dix doigts, chaque doigt a un ongle.

— Et puis ?

— Et puis rien. Je ne veux plus parler ni de lui, ni de son entourage. »

Les deux chiffres lumineux du réveil indiquaient 23 : 56. Taro se demandait avec inquiétude s'il pourrait écrire en sa présence.

« Il est sympathique ?

— Il ne la ramène pas. »

Il serait obligé d'attendre qu'elle dorme. Ecrire devant quelqu'un lui paraissait impossible. C'était comme d'être assis sur les toilettes la porte grande ouverte : il ne pourrait jamais.

« Je ne comprends pas l'arnaque, dit Laure. Il connaît Freddy Borgne puisque c'est quand même lui qui vous a mis en relation... »

Taro n'écoutait pas. Pendant tout le trajet du retour, il s'était posé les mêmes questions. Elles l'avaient chatouillé au cours des deux heures qu'il avait consacrées à la lecture du roman d'Auguste Martin, achevé et déposé par Kajanef une heure avant son retour. Il n'y pensait plus. Il imaginait avec effroi qu'elle le regarderait quand il serait assis à sa table, qu'elle découvrirait ses tics et ses trucs, les béquilles sur lesquelles il s'appuyait pour écrire. Ou ne pas écrire.

« … Freddy Borgne avait une lettre l'autorisant à signer puisqu'il se l'est fait envoyer par fax. D'où vient le faux ? »

Il envisagea de renoncer. Pour une fois. Pour un soir.

« Je ne sais pas », dit-il.

Mais pas ce soir-là. Il avait besoin de se laver de toutes les éclaboussures que Freddy Borgne avait jetées sur lui. Se défaire d'un manteau sale pour retrouver sa peau. L'écriture était la seule activité qui le débarrassait du monde.

« Tu as vu le fax ?

— Le PDG l'a lu.

— Il n'y avait rien d'anormal ?

— Pas que je sache. »

23 : 59.

Il fallait qu'elle s'endorme. Sinon, il ne disposerait plus du temps nécessaire. Il avait généralement besoin d'une heure pour se lancer, après quoi il était confortablement installé entre ses lignes pendant deux heures, parfois trois, avant que la descente commence. S'il ne disposait pas de trois heures devant lui, il était inutile de s'y mettre.

« Au milieu des autres, ma voiture devait faire tache, non ?

— Une jolie tache », dit-il avec une gentillesse appliquée.

Elle sombrerait doucement dans le sommeil et atteindrait la phase profonde longtemps après. Il ne la connaissait pas suffisamment pour savoir à quel moment il pouvait espérer qu'elle ne s'éveillerait plus. Jamais il ne parviendrait à se concentrer sur sa feuille si son attention devait être perturbée par le soupçon d'une présence, fût-ce la sienne.

« Cela te gêne tant que je dorme chez toi ?

— Pas du tout. »

Au début du dîner, elle lui avait annoncé qu'elle avait reçu un avis d'expulsion de son appartement de la Butte aux Cailles. Il avait pensé avec crainte qu'elle lui demanderait peut-être de l'héberger quelque temps. Comment ferait-il, alors, pour rester avec Gad ? Il redoutait tant la curiosité d'un regard étranger posé sur ses mots qu'il avait transformé son écriture jusqu'à la rendre illisible pour autrui. Un brouillon n'est acceptable que lorsqu'il renvoie à une œuvre. La sienne était chimérique. Il n'avait pas envie d'être vu.

« Tu préférerais que je parte ? »

Il dit que non. Elle lui avait prêté sa voiture à la condition qu'il l'invitât à passer une nuit chez lui. Il avait accepté. Il ne voulait pas revenir sur cette parole. Ils avaient dîné tôt. Maintenant, il fallait qu'elle s'endorme.

Il remonta le drap, baissa la lampe et resta à son

côté, sa main dans la sienne. Ils étaient nus. Il ne pourrait pas écrire ainsi. Sitôt qu'elle respirerait très régulièrement, il se rhabillerait.

« Tu ne te couches pas ?

— Pas tout de suite. »

Elle se tourna côté mur. Il lui caressa la joue, puis le cou. Elle poussa un soupir de contentement et souleva le drap pour qu'il la rejoignît. Il ôta sa main. Il commençait à diriger ses pensées vers les caves du Liban. Il rejoignait lentement Gad à l'endroit où il l'avait laissé la dernière fois, et aussi l'avant-dernière fois, et l'avant-avant-dernière fois.

Lorsque Laure se fut endormie, il se leva sans bruit. Il s'habilla, régla les lampes et s'assit à sa table. Il était mieux que chez lui : en lui-même. Le voile feutré des lumières tombant sur le papier vierge l'emplissait d'une quiétude lénifiante. Freddy Borgne, ses usages et ses faux ne pesaient plus d'aucun poids. Devant, tout allait bien. Derrière, une ombre subsistait. Taro se leva. Laure respirait doucement, tournée contre le mur. Il était 0 : 24. Taro plaça le réveil comme il devait l'être, face au lit pour que la luminosité des chiffres ne perturbât pas l'équilibre général. Il retrouva sa place. Il assit Gad sur le coussin ivoire du Lalo Vergé de France et tenta de recueillir ses larmes à la pointe du Parker 51. Mais il n'y parvint pas. C'était comme s'il était le médecin, pourchassé par des ennemis venus de l'arrière. Il se retournait sans cesse. Pourtant, Laure ne bougeait pas. Elle dormait sur le ventre, les deux mains glissées sous l'oreiller.

Il essaya jusqu'à deux heures. En vain. Alors, il se leva et s'approcha de la jeune fille. Il s'agenouilla auprès d'elle et l'observa avec une étrange curiosité. Le drap avait glissé, mais il ne le remonta pas. Il ne bougeait pas afin de laisser se former en lui une image imprécise qu'il souhaitait prendre dans sa main pour la décrire. Sans doute trouvait-elle sa source dans la couleur des cheveux, la jeunesse, une enfance perceptible. Dans cette présence diffuse, aussi, qui l'avait empêché d'écrire et dont Gad, lui, ne pouvait se défaire. Ce n'était évidemment pas la même histoire. L'inspiration, cependant, pouvait s'emparer de l'une et la mêler à l'autre, selon un arbitraire des plus respectables.

Les chiffres du réveil indiquaient 0 : 55 lorsque Taro retrouva sa place habituelle sur sa chaise. Il tournait le dos à Laure. Il prit dans sa main la petite étoile de David qu'il avait ramassée après que Gad l'eut arrachée de son cou. Il la conserva un instant dans sa paume refermée, puis la déposa délicatement sur la feuille blanche. Son regard effleura le visage affolé peint par Munch avant de s'arrêter sur la silhouette de Gerda Pohorylles, dite Gerda Taro, photographiée par son compagnon, Robert Capa, en 1937, sur le front de la guerre d'Espagne. La jeune fille dormait, appuyée sur une borne. Elle portait un béret et des sandales légères. Les combats s'étaient éloignés. Elle avait abandonné le Rolleiflex avec lequel elle passait d'une tranchée à l'autre sous le regard attendri des Républicains encore victorieux. Cette photo avait été donnée par Capa au grand-père de Taro, le 30 juillet 1937, sur un quai de la gare d'Austerlitz, alors que les deux hommes attendaient l'arrivée du cercueil de cette jeune femme qu'ils avaient tous deux passionnément aimée et qu'un char avait mortellement blessée à Madrid, quatre jours plus tôt.

Atelier Robert Capa, épreuve originale.

Taro posa les deux talismans l'un à côté de l'autre, approcha une feuille de papier, prit le Parker 51, et commença d'écrire. Non plus sur Gad, mais sur Anna. La présence d'une femme, derrière lui, pesait d'un poids nouveau. Elle avait l'importance que lui accordait Gad, lui qui ne pouvait se détacher de cette colonne de poussière donnant la main à deux autres, plus petites. Dans le désert des destins inaboutis, un autre personnage naissait.

Anna n'avait jamais obtenu la moindre nouvelle de son mari. Depuis cette phrase prononcée devant une vitre de l'aéroport de Beyrouth, *Rappelle-toi, mon amour : le sillage argenté d'un avion, c'est comme une ligne de vie sur la peau du ciel,* elle avait traversé tout un cycle de saisons sans rien savoir.

Elle était allée chercher Gad à l'aéroport. Il n'y était pas. Il n'avait même pas pris l'avion. Ni celui dans lequel il aurait dû se trouver, ni un autre. Il n'avait pas embarqué. Le jour de Noël, il n'était pas sous l'arbre. Ce fut une triste cérémonie.

Anna resta chez ses parents, à Sarcelles. Elle dormit sur le canapé du salon avec ses deux enfants. Famille Gad, je cherche le père. Il ne répondait pas au téléphone. A Beyrouth, personne ne l'avait vu. Il n'avait plus d'existence que dans les rêves de ceux qui l'aimaient.

Dix jours après Noël, Anna confia les enfants à ses parents. Elle prit seule l'avion du retour. Il ne l'attendait pas. Ni à l'aéroport, ni à la maison. Elle se précipita dans la chambre et ouvrit les penderies.

Elles étaient pleines. C'eût été une moindre douleur s'il était parti avec une autre. Elle n'y avait jamais cru. Elle avait fini par l'espérer. Mais tout était en place. Elle s'abattit sur le lit, le visage enfermé dans une chemise imprégnée de son odeur et de sa vie. Depuis, elle dormait avec. Elle serrait contre elle les photos de lui qu'elle aimait.

Elle s'habilla en noir. Elle fit le tour de la ville, des amis de son mari, des malades qu'il soignait, des responsables religieux qu'il connaissait. Personne ne savait où se trouvait Gad. Même pas Taro qui, sur une carte de Beyrouth, selon les quelques informations que lui avait données Terry Anderson, Roger Auque et Jean-Louis Normandin, promenait le médecin d'une cache à l'autre, ficelé sur le plancher d'une voiture. Plusieurs fois, celle-ci croisa une femme en noir portant un camée au creux du cou dont seul le prisonnier savait qu'il dissimulait une minuscule tache lie-de-vin.

Après avoir fait appel à toutes les autorités du pays, aux amis et connaissances, aux journalistes libanais et à ceux qui fréquentaient assidûment le siège de l'AFP à Beyrouth, la femme du médecin juif admit que son mari avait été enlevé.

Elle revint en France. Elle s'installa dans un petit appartement situé au-dessus de celui de ses parents. Deux pièces pour trois. Les garçons furent inscrits dans une école primaire des environs. Pendant la journée, Anna courait les ambassades et les administrations. Elle s'y épuisa. Nul ne pouvait rien pour un citoyen libanais, médecin et juif. Dans le regard de ceux qu'elle sollicitait, elle lisait de la commisération, parfois de la gourmandise, quelques peines. Rien qui lui permît d'espérer.

« Où est papa ? » demandaient les garçons.

Elle inventait des voyages. Ils réclamaient des photos. Elle leur montrait celles qu'elle avait rapportées de Beyrouth.

A l'école, on dit au plus jeune : « Ton père, il est au ciel. »

« C'est loin, le ciel ? demanda-t-il à Anna.

— Tout près. »

Elle montra les nuages.

« Il est derrière. »

Les enfants attendaient les beaux jours.

Anna était diplômée de la meilleure école d'architecture du Liban. Elle fut engagée dans une agence comme femme de ménage. Poussant le balai, elle dessinait des chemins de poussière sur le sol. Le soir, lorsqu'elle était seule dans les bureaux, elle téléphonait à Beyrouth. Elle appelait les amis à la rescousse. En vain.

Elle rencontra un homme qui les avait croisés à l'aéroport, elle et son mari, le jour de l'enlèvement. Il arrivait de Paris alors qu'elle y partait. Une femme s'était jetée dans ses bras. En les voyant, Anna avait supposé qu'ils se retrouvaient après une longue séparation, peut-être même une rupture. A la manière dont l'homme l'avait étreinte, penché mais pas enfoui, avec elle mais ailleurs en même temps, Anna avait pensé que l'histoire de ce couple ne ressemblait pas à la leur, Gad et elle, indissolublement liés, amoureux depuis toujours. Ils se quitteraient. Il l'embrassait des lèvres, mais son regard était ailleurs. Comme si, après le premier instant, il se détournait déjà d'une étreinte, d'un parfum, d'une habitude qui ne l'emplissaient pas. Cet homme attendait une autre femme.

A Paris, Anna l'avait inlassablement questionné sur Gad. Il semblait tout savoir sur les circonstances de sa disparition. A force d'obstination, elle avait fini par comprendre ce qui était arrivé à son mari.

Elle le voyait en vie. Grâce à cet homme. Il la rassurait en disant qu'il lui écrivait toutes les nuits.

Elle l'interrogeait : toutes les nuits depuis combien d'années ? Il disait : Depuis le début.

« Que lui écrivez-vous ? Des lettres ?

— Un roman. »

Elle insistait : Pourquoi un roman ?

Il répondait qu'aucun espace n'est plus libre que celui du roman. Elle ne comprenait pas. Il s'obstinait :

« Si je veux vous faire exister, je vous prends la main et je vous entraîne dans mes pages.

— Même si vous ne m'avez jamais rencontrée ?

— Oui. Même si je ne vous ai jamais rencontrée.

— A Beyrouth ? Dans cet aéroport ?

— Ou à Paris. Ici ou ailleurs. »

Elle pensa tout d'abord que la plume l'allégeait du poids de la culpabilité, lui qui n'avait pas bougé pour venir en aide à son mari. Mais ce n'était pas cela : personne n'aurait pu sauver Gad. Les ravisseurs auraient tiré au premier mouvement.

Elle s'obstinait : pourquoi ? Il parlait d'images : Gad et elle, embrassés, puis la sauvagerie de la séparation. L'amour et la guerre. La mort, aussi. Cette scène terrible qui le hantait comme une image primitive : un homme attrapé au lasso. Un animal. Un juif. Les compagnons traqués, assassinés, brûlés de son grand-père.

« La mémoire ?

— Oui. La mémoire, aussi. »

Elle le cherchait des yeux. Le regard éclatant de Gad.

Il n'écrivait pas seulement pour le faire vivre. Il le faisait également pour retrouver son propre souffle. La nuit, il se délestait de cette corde qui l'asphyxiait lui aussi depuis si longtemps. La mort de Gad était devenue la sienne.

Anna ne croyait pas que son mari vivait encore. Taro se fâchait :

« On n'écrit pas à des morts ! Les morts, on les pleure. »

Il écrivait.

Elle pleurait.

— Reprenons… La dernière fois, nous nous étions arrêtés au coup de téléphone que le missionnaire secret de l'Elysée avait donné au ministre des Affaires étrangères pour lui demander de se préparer à partir pour Damas. Le ministre ne s'y est jamais rendu. Pourquoi ?

— Peu après son coup de fil, l'envoyé spécial a reçu la visite de Sadek, le bras droit de Rafiq-Doust. Il lui a seulement dit que l'accord était caduc, et que son patron lui expliquerait le lendemain les raisons de la rupture.

— Quelles étaient ces raisons ?

— Des représentants de l'opposition d'alors étaient en effet à Téhéran en même temps que les négociateurs envoyés par le pouvoir en place. Ils sont arrivés le 13 mars.

— Qui étaient ces négociateurs ?

— Je ne peux pas vous le dire.

— Vous les connaissez ?

— Oui.

— On peut supposer qu'ils avaient fait de la surenchère ?

— Quand notre envoyé spécial et le chargé d'affaires se sont retrouvés dans le bureau de Rafiq-Doust, celui-ci a commencé par critiquer vivement les socialistes au pouvoir à Paris. Le changement de ton était complet. Il a montré un article du « Monde » dans lequel il était écrit que si la droite remportait les élections législatives, le président Mitterrand démissionnerait peut-être. En ce cas, demandait Rafiq-Doust, qui pouvait garantir qu'Anis Naccache et les membres de son commando seraient libérés ? Notre envoyé spécial a objecté que même si la majorité sortante perdait les élections, Mitterrand resterait en place. Il a tenté de discuter, mais Doust ne voulait plus rien savoir. Dans la voiture qui raccompagnait les deux Français à l'ambassade, son bras droit, Sadek, leur a confirmé ce que nous savions déjà par l'OLP : l'opposition négociait de son côté.

De retour à l'ambassade, l'émissaire de l'Elysée a envoyé un télégramme annulant le précédent : il n'y avait plus d'accord. Le lendemain, alors qu'il s'apprêtait au départ, on a frappé à sa porte : Sadek. Celui-ci avait convaincu Rafiq-Doust de participer à une ultime rencontre. Doust a reparlé de la démission éventuelle du président Mitterrand. Une intox montée par ceux de l'autre bord. Les deux Français sont parvenus à recadrer les choses. On a signé un nouveau protocole d'accord. On a rappelé Rafsandjani, Paris, Damas, et Doust a affrété un Falcon pour Beyrouth. Bref, on y arrivait enfin... croyait-on. Car à peine avait-il regagné sa voiture que notre diplomate était rejoint par Sadek. Il apportait la dernière nouvelle. Celle-ci était terrible. Saddam Hussein avait changé d'avis : il refusait de renvoyer en France les deux Irakiens expulsés par Paris. Ce fait rendait l'accord caduc. La négociation était morte. Ainsi, et je le dis très clairement, pour des raisons strictement électorales, l'opposition de l'époque a fait capoter les négociations menées par la majorité. Est-ce bien clair ?

— Si je vous comprends bien, vous affirmez que la droite a profité de la décision de Saddam Hussein de garder les deux opposants irakiens à Bagdad ?

— Je dis que c'est un cadeau du dictateur à certains de ses amis français. Il a différé la sortie des deux hommes. Il a aidé ce camp-là à remporter les élections.

— Savez-vous ce que la droite proposait, que refusait la gauche ?

— Certainement la libération de tout le commando, et pas du seul Naccache. Ce qui était une félonie : les élections législatives permettent de changer de chef de gouvernement ; pas le Président. Or, la grâce qui aurait permis d'élargir Naccache et les siens ne pouvait être accordée que par le Président. Sur ce point, les autorités iraniennes ont été trompées. Par ailleurs, on a également parlé d'une somme avoisinant les huit cents millions de dollars, qui auraient été versés à l'Iran après les élections. Je ne peux pas prouver ce dernier point. Enfin, les représentants de la future majorité ont promis qu'ils expulseraient de France les opposants au régime des Mollahs, notamment Radjavi, bête noire de Téhéran. Ce qui fut fait.

— Comment cette manipulation, qui a coûté deux ans de détention supplémentaire aux otages français, a-t-elle été possible ? Que sait-on des arcanes de cette affaire ?

— Pas grand-chose. L'envoyé spécial du gouvernement a supposé qu'un chiffreur œuvrant dans les sous-sols du Quai d'Orsay informait l'opposition de l'époque des progrès des négociations. Car chaque télégramme envoyé depuis Téhéran était chiffré à l'ambassade, et déchiffré à Paris. Beaucoup plus tard, Sadek a dit à notre ambassadeur que dans une pièce voisine de celle où ils discutaient avec Rafiq-Doust, à Téhéran, se trouvaient des représentants de la droite à qui les deux hommes en costumes traditionnels dont je vous ai parlé rendaient compte. Et ils doublaient la mise.

— Existe-t-il des preuves ou des traces de cette manipulation ?

— Il en existe trois. La première, c'est le télégramme chiffré envoyé par l'émissaire de l'Elysée, contresigné par le chargé d'affaires français en poste à Téhéran. Ce télégramme stipule que les deux hommes ont appris l'existence d'une seconde équipe de négociateurs par le bras droit de Rafiq-Doust, Sadek.

Deuxième preuve : le 6 janvier 1987, dans l'émission Découvertes d'Europe n° 1, Jacques Chirac a reconnu qu'il avait essayé d'apporter sa « petite contribution » (ce sont ses termes) avant même d'avoir été nommé Premier ministre. Ce que Jean-Bernard Raimond, ministre des Affaires étrangères de la première cohabitation, a confirmé en admettant que le gouvernement précédent avait failli aboutir deux fois : en janvier et en mars 1986 (les Américains, d'ailleurs, l'ont attesté). Enfin, Rafsandjani lui-même, président du Parlement iranien à l'époque, a assuré en juillet 1987 que la droite française lui avait envoyé un émissaire avant de revenir aux affaires, tout en lui conseillant d'attendre qu'elle soit au pouvoir pour régler la question des otages.

— Croyez-vous à la thèse défendue par certains, notamment quelques observateurs, selon laquelle l'attentat de la rue de Rennes, commis le 17 septembre 1987 et qui a causé la mort de 7 personnes, n'était pas le fait des Syriens et des Libanais, mais des Iraniens ?

— C'est incontestable.

— Et celle d'autres observateurs qui affirment que l'attentat commis le 18 septembre 1989 au-dessus du désert du Ténéré contre le vol d'un DC10 français n'a pas été commandité par la Libye mais par l'Iran ?

— Rien ne le prouve.

— Savez-vous ce qu'on a prétendu à propos de ces deux attentats ?

— Bien sûr. Qu'ils avaient été commis par l'Iran pour rappeler au gouvernement français ses promesses préélectorales non tenues. Particulièrement la libération d'Anis Naccache et des membres de son commando, qui étaient toujours sous les verrous. Ceci, d'ailleurs, correspondait à une demande de l'organisation, qui, en son temps, a revendiqué l'attentat de la rue de Rennes.

— Qu'avez-vous à dire là-dessus ?

— Rien.

Confondu, bouillonnant de rage, Taro téléphona à Kajanef. Il avait consacré trois jours à la rédaction du livre échangé avec son ami, et trois nuits à écrire de nouvelles pages pour Gad, inspirées des révélations découvertes. Il venait de refermer les derniers feuillets.

Il dit à Kajanef qu'il devait absolument rencontrer le haut fonctionnaire.

« Lorsque le livre sera publié.

— Pourquoi ?

— Parce que c'est moi qui suis censé l'écrire.

— Alors questionne-le sur le médecin juif. »

Kajanef refusa : il n'avait aucune raison d'entrer en contact avec le fonctionnaire.

« Mais je te promets que tu le verras. Je me débrouillerai.

— Tu ne sais pas à quel point l'histoire des otages est une honte et une saloperie.

— Tu me raconteras.

— Tu liras.

— Et Martin ? »

Taro tomba de la lune : il avait oublié d'appeler son ami après avoir lu le manuscrit.

« Martin ? Mais c'est parfait, Martin !

— Quand lui rends-tu le manuscrit ?

— Dans une heure. »

Le médecin attendait au *Bistrot de Bernard*, replié dans l'angle droit d'un coin. Son feutre était posé sur la table, entre un porte-documents neuf et une boîte de chocolats. Il offrit celle-ci à Taro, qui l'échangea contre la chemise contenant le manuscrit. Auguste Martin la soupesa puis l'ouvrit. Il alla à la dernière page, vérifia le numéro, choisit un feuillet d'une densité moyenne, compta vingt-cinq lignes, puis entre cinquante-trois et soixante-sept signes par ligne. Il afficha un sourire gourmand.

« C'est du sérieux ! »

Taro opina du chef.

« Vous êtes satisfait de votre travail ?

— A peu près. »

Auguste Martin ouvrit le porte-documents, y glissa la chemise, en sortit une enveloppe qu'il posa sur la table, puis il brouilla les codes d'une serrure à combinaison. Il précisa qu'il avait acheté le cartable spécialement pour y placer le manuscrit. Il dit « Mon manuscrit », ce qui fit sourire Taro. Le porte-documents s'en alla ensuite dans le fourreau d'une petite valise métallique qui fermait à clé. Une double chaînette soudée à la carcasse vint s'enrouler autour du poignet du médecin, qui la verrouilla aussi prestement qu'une menotte.

« Il faut protéger l'art ! » dit-il en allongeant les dents.

Il flatta son bagage d'un coup de poing bien assené.

« Il est blindé !

— Si vous tenez tant à votre livre, rétorqua Taro, déposez-le auprès d'une société d'auteurs.

— J'ai douze coffres ! »

Auguste Martin chaussa son feutre et, s'étant penché vers Taro qui n'avait pas eu le temps de passer commande, s'excusa d'une telle impatience :

« Il faut que je lise… J'attends ce moment depuis si longtemps ! »

Il poussa l'enveloppe vers Taro.

« Votre rémunération. »

Auguste Martin se leva. Il tendit une main molle, s'assura que l'autre était indéfectiblement liée à la valise contenant son trésor, puis il fit quelques pas en direction de Montparnasse. Il se retourna trois arbres plus bas. Taro traversait le boulevard Raspail. Lorsqu'il eut disparu dans le passage d'Enfer, Auguste Martin revint sur ses pas. Il poussa la porte du café, s'assit à la table qu'il venait de quitter, glissa une première clé dans la serrure de la chaînette qui lui enserrait le poignet, une deuxième dans celle de la valise, puis il afficha *17590* sur la dernière combinaison, sortit le porte-documents, l'enveloppe, le tapuscrit, ouvrit à la première page et découvrit la dernière de ses poupées russes, celle qu'il chérirait le plus :

Je prépare mon crime depuis douze ans. Une vengeance longuement mûrie dont l'arme est un livre. Grâce à lui, je vais assassiner les prix Nobel de littérature encore vivants, et je prendrai la place du plus jeune.

J'arme ma bombe au fond de mon garage. Je suis un ypsilonien. Ainsi m'appelle-t-on, moi et mes cent frères et sœurs qui habitons cette petite commune de Picardie qui porte le nom d'un inconnu : Y.

Le jour où l'envoyé spécial quittait Téhéran après l'échec de sa mission, la porte de la cellule de Gad s'ouvrit sur trois gardiens en armes. Depuis l'aube, le médecin avait perçu une nervosité croissante chez ses geôliers. Ils couraient dans les couloirs, s'interpellaient en arabe. Ils attendaient des ordres. Ceux-ci venaient d'être donnés : les Druzes ratissaient les rues voisines. Il fallait fuir.

Gad fut ligoté, bâillonné, jeté dans le coffre d'une voiture. Un homme s'y trouvait déjà, qu'il ne sut identifier et à qui il ne put parler. La voiture démarra, sembla glisser dans la boue, reprit son cap sur une ligne droite qui peut-être longeait la mer. Les ronflements d'une canonnade enflèrent, puis on entendit distinctement des rafales d'armes automatiques, bientôt coiffées par le sifflement et l'explosion d'obus frappant de plus en plus près. La voiture stoppa. Gad perçut un bruit de portières. Le chauffeur avait fui. Les deux otages se trouvaient enfermés dans un véhicule abandonné au centre d'un cratère dont ils imaginaient les éruptions sans les voir. La panique les saisit. Deux corps immobilisés, deux regards béants, l'un sous un bandeau opaque, l'autre scrutant désespérément un horizon noir. Ils frappaient la carrosserie de leurs jambes liées, de leurs poings solidaires, de leur tête meurtrie. Un filet d'air passait par un interstice du coffre. Ils y collèrent leur bouche. La voiture vibrait sous les tremblements de la terre. Les bombes tombaient. On les avait abandonnés. La panique avait fait fuir les porteurs de kalachnikov. Les deux otages étaient livrés aux rugissements de la guerre, sans pouvoir fuir ou se protéger. Enfermés dans un cercueil de métal alors qu'ils respiraient encore, percevaient, entendaient. Gad se souvint des premiers vers des *Pâques à New York,* de Blaise Cendrars :

Seigneur, c'est aujourd'hui le jour de votre Nom,
J'ai lu dans un vieux livre la geste de votre Passion

Il s'en souvint car Cendrars avait décrit la terreur des poilus tétant la glaise et appelant leur mère lorsque, alentour, *les obus miaulaient un amour à mourir*. Et Gad se récitait pour lui-même Cendrars et Apollinaire, le visage enfermé entre ses bras, mordant le tissu de sa chemise, son seul champ de bataille. Il ne pensait pas à sa mère mais à Anna, aux enfants, *Il pleut Bergère il pleut et le sang va tarir*, tandis que le fracas s'amplifiait alentour, la jambe d'un inconnu tremblant contre la sienne, deux morts-vivants recroquevillés, ficelés, capables seulement de gémir en attendant l'ultime explosion.

Les obus miaulaient
Entends chanter les nôtres
Pourpre Amour salué par ceux qui vont périr.

Puis tout cessa soudain, et deux portières claquèrent. La voiture repartit. Les deux hommes se touchèrent le pied, comme un salut.

Ils roulèrent sur une longue route droite, peut-être la corniche, ou encore l'avenue conduisant du centre culturel italien à l'Institut d'Orient, puis ils virèrent et s'enfoncèrent dans des ruelles tortueuses avant de retrouver le calme des artères dégagées, où la voiture accéléra.

Ils s'arrêtèrent sur un terrain crevassé. On ne leur ouvrit pas aussitôt. D'autres véhicules stoppèrent à côté. Quand ils descendirent, Gad reconnut le quartier de l'université arabe. Une BMW et un minibus Volkswagen stationnaient à côté de la Mercedes qui les avait transportés. Une demi-douzaine d'otages descendaient du minibus. Des hommes déguisés en femmes. Tous avaient les mains liées. Ils étaicnt voilés. Le médecin juif était le seul à ne pas avoir les yeux bandés.

Des gardes armés les entraînèrent vers un immeuble obscur. On les poussa dans un escalier cimenté. Ils gravirent six étages. L'un des prisonniers se traînait. Il fut emporté par deux geôliers qui le prirent aux épaules. Gad supposa – à tort – qu'il s'agissait du malade français qu'il avait ausculté et dont il n'avait reçu aucune nouvelle.

Ils parvinrent sur le toit de l'immeuble. A l'ouest, le ciel était orangé, semé de lourds nuages noirs : les incendies ravageaient la ville canonnée. Mais l'air, bien que glacé, était comme un baume pour ces hommes enfermés depuis de nombreux mois, qui ne respiraient que le moisi des caves. Tous regardaient les hauteurs sans les voir, inspirant délicieusement le sang du ciel. Gad était le seul à apercevoir les reliefs de la côte, vers l'ouest, et les toits du Musée national, à l'est. Il avait habité non loin. Il connaissait chacune des artères dont il distinguait le lacis plus bas. Allait-on les précipiter, lui et les autres, ses compagnons martyrisés, depuis le toit de cet immeuble déserté dont une partie des pierres avaient été emportées par les bombes et les obus ?

Les gardiens avaient disposé une longue planche entre le bâtiment où ils se trouvaient et celui d'à côté. Ils l'éprouvaient du pied. Gad comprit que les otages allaient emprunter ce chemin tendu au-dessus du vide. Il promena son regard autour de lui afin de s'emplir du spectacle de sa ville. Beyrouth sans lumière, sans mouvement, presque sans vie. A l'image de ces fantômes cagoulés, sans espoir, sans visage qui, ignorant ce qu'on allait faire d'eux, respiraient jusqu'à épuisement le souffle froid de la nuit.

Le premier à franchir l'espace contenu entre les deux immeubles fut l'homme malade. L'un des gardes le chargea sur son épaule et le déposa trois mètres plus loin, au-delà du vide. Ses compagnons suivirent, guidés à la voix, dans un mauvais anglais, par les ravisseurs. Gad passa le dernier. Il emprunta ensuite un escalier, derrière les autres. On leur intima le silence. Ils descendirent deux étages. Ils débouchèrent sur le couloir d'un immeuble habité. Ils furent dirigés vers des appartements distincts. Gad et deux otages échouèrent dans une pièce dont les fenêtres étaient obturées par des planches. Trois matelas étaient posés sur le sol. Il n'y avait pas de couvertures. Seulement des seaux à pisse. Avant de refermer la porte et de tourner le verrou, le garde qui les avait conduits leur dit, à voix très basse, que si l'un d'eux cherchait à fuir, ils seraient tous exécutés.

« Immédiatement », précisa-t-il en tirant la culasse de sa kalachnikov.

Ils découvrirent rapidement qu'ils étaient détenus dans un appartement où vivait une famille libanaise. Un couple et deux enfants. L'homme partait le matin et revenait le soir. La petite fille et le petit garçon allaient à l'école. La femme ne travaillait pas. D'après les bruits et les mouvements perçus, les otages s'efforçaient de découvrir ou de préciser l'activité et les habitudes de chacun. Ils mettaient leurs trouvailles et leurs déductions en commun, agençant peu à peu les pièces d'un puzzle qui prenait forme au fil des jours. Puis ils abandonnèrent ce jeu étrange qui leur rappelait douloureusement leur ancienne vie. Cependant, malgré leurs efforts visant à s'abstraire du cadre dans lequel on les avait placés, rien ne les en éloignait. Car le langage des bruits transgresse les langues et se passe de traductions. Un enfant pleure, et c'est le sien. Un verre se brise partout de la même manière. Après une semaine de rumeurs quotidiennes, les trois prisonniers vivaient les mains collées aux oreilles. Puis, comme pour le reste, ils s'habituèrent. L'horreur devint douleur, et celle-ci un mal endémique qu'un autre remplacerait.

Les compagnons de Gad étaient américains. Ils avaient été enlevés quelques semaines avant lui. Ils ne doutaient pas de leur libération. Malgré l'embargo décrété par Washington sur les livraisons d'armes à l'Iran, l'un des leurs, Weir, avait été échangé contre cinq cents missiles Tow livrés à l'Iran par l'armée américaine, Israël ayant servi d'intermédiaire. Ils tentaient de réconforter Gad en lui assurant qu'il s'en sortirait lui aussi : un homme a toujours une valeur.

« Pour ce qui me concerne, une valeur d'usage, répliquait Gad ; pas une valeur d'échange. »

Il regardait les trois Américains tourner autour de la pièce, en petites foulées, se tenant aux épaules : c'était leur gymnastique quotidienne. Il ne les suivait pas : pour qui, pourquoi eût-il entretenu son corps ? Il jouait parfois aux échecs avec eux, déplaçant des figurines en carton sur une boîte d'œufs grossièrement colorée. La plupart du temps, cependant, il restait assis sur sa paillasse, attendant qu'on vînt le chercher pour soigner un Chiite malade ou un Palestinien blessé. Cela arrivait parfois. Trop peu à son gré. Il s'occupait l'esprit en passant en revue tous les patients dont il pouvait se souvenir depuis la fin de ses études de médecine, symptômes, diagnostics, soins, description physique, situations de famille, adresses. Il établissait des tableaux à entrées variables, s'exerçant à les énumérer selon les occurrences choisies. Ou encore, il s'obligeait à réciter sans aucune interruption les os du squelette, depuis le frontal jusqu'à la phalangette (face antérieure), depuis le pariétal jusqu'au calcanéum (face postérieure), dans un sens puis dans l'autre.

Lorsqu'il en eut assez de l'énumération, il chercha des synonymes, des homonymes, des analogies aux derniers mots entendus dans la bouche de ses geôliers. Il pratiqua le verlan. Il récita et, avec l'aide des Américains, traduisit les poèmes d'*Alcools* dont il se souvenait, ceux des *Fleurs du mal* et quelques *Feuillets d'Hypnos*. Il apprit par cœur les deux cent treize pages du livre d'Alberto Moravia, *Le roi est nu*.

Le jour où, à Paris, Charles Pasqua, ministre de l'Intérieur du gouvernement de Jacques Chirac, donnait tout pouvoir à l'ancien préfet Jean-Charles Marchiani pour libérer les otages français, des ouvriers entrèrent dans la cellule du médecin juif. Surveillés par deux gardiens en armes, ils fixèrent quatre anneaux dans les murs, à hauteur du sol. Ils revinrent le lendemain avec des chaînes. Par une mesure spéciale, Gad obtint que sa jambe et non sa main fût entravée. Ainsi gardait-il la liberté nécessaire pour écrire à sa femme.

Pendant six jours et cinq nuits, Taro alterna la rédaction des mémoires du haut fonctionnaire avec celle du récit des souffrances de Gad. Le réel nourrissait son imaginaire. Aux versions précédentes, il ajoutait des faits qu'il découvrait seulement et qui enrichissaient son histoire.

Le deuxième jour, quittant le Liban pour suivre Museau et son interlocuteur en Nouvelle-Zélande où le *Rainbow Warrior* venait de couler, il rédigea un chapitre sur la chaîne de commandement qui, à partir de l'amirauté du Pacifique, avait abouti au drame de la baie d'Auckland où un photographe avait trouvé la mort. Il régla en quelques pages le sort des amiraux du Pacifique (qui avaient fait pression pour que le navire de Greenpeace fût coulé), celui du président de la République (qui savait), du ministre de la Défense (qui avait ordonné l'action), du chef de la DGSE (qui l'avait fait préparer), des deux agents emprisonnés (abandonnés par les services).

Le deuxième soir, Laure vint chez lui. Elle voulut rester, et il n'eut pas le courage de la congédier.

Elle avait découvert avec écœurement un nouveau dessin pornographique dans sa boîte. Et, tandis que dans son studio de célibataire sis à Garches (Hauts-de-Seine), Claude Vizir déclinait à sa manière l'*Origine du monde,* ajoutant à la partie inférieure du corps une moitié supérieure puis un visage aisément reconnaissable qui serait glissé dans la boîte au petit matin, Laure pleurait entre les bras de Taro : ces dessins l'humiliaient.

C'était un chagrin de petite fille seule qu'il apaisa facilement. Il la garda contre lui entre 23 : 16 et 00 : 01. Il se leva alors, doucement pour ne pas l'éveiller. Il devait soulager Anna. Il connaissait les images douloureuses qui la traversaient : elles le blessaient tout autant.

Le plus terrible n'était pas le lasso, mais l'instant qui l'avait précédé. Le lasso marquait la fin de la course. Après, Gad entrait dans un autre monde dont la jeune femme ne savait rien. Avant, elle était capable de se le représenter. Il courait vers elle, qui lui tendait désespérément les bras pour le recueillir, son amour, son immense amour. Il l'appelait. Une veine saillait sur son front, une autre au creux de la gorge. Il courait comme jamais il n'avait couru. Ce moment-là était épouvantable. Il l'éveillait plusieurs fois par nuit. Un instant dans la vie. Le dernier. Ensuite, Gad était tombé.

Elle le connaissait assez pour savoir que jusque-là, il avait tenté de s'échapper. Au sol, quelques instants encore : les doigts agrippés à la corde, respirant mal, le visage rouge et gonflé. Après, certainement allongé sur le plancher d'une voiture, surveillé par ses ravisseurs, il n'avait plus bougé. Il était devenu son propre médecin. Il se parlait à lui-même comme il parlait à ses patients. Anna l'imaginait ainsi. Cette image-là calmait ses douleurs. Elle le préférait immobile et seul, replié sur sa terreur plutôt que battu ou affrontant ses geôliers. Elle ne supportait pas le moindre état de dégénérescence ou d'humiliation. Il fallait qu'il soit plus fort que ses bourreaux. Non seulement qu'il leur tienne tête, mais qu'il les domine. Elle le voulait fier en toutes circonstances. Frappé, mais ne cédant pas. Après son premier voyage au Liban, elle avait dit à ses enfants : « Papa a été pris. Mais il ne souffre pas. Il est enragé. Il reviendra. »

Au cours de l'été, Anna retourna à Beyrouth. Sa famille s'était cotisée pour lui offrir le voyage.

Elle alla trouver le banquier de Gad pour lui demander de lui accorder un prêt : son compte était vide, et elle se trouvait sans ressources.

Le banquier la reçut aimablement. Il lui consentit une aide modique. Comme la jeune femme insistait pour qu'il lui prêtât davantage, il objecta que la seule hypothèque qu'il pouvait prendre en contrepartie de la somme dégagée, était sur Gad lui-même.

« Or, nous ne savons pas où il se trouve. »

Il regardait cette femme en noir, si belle, si désemparée. Il l'avait rencontrée deux ou trois fois au bras de son mari. Le chagrin avait creusé son visage, mais agrandi son regard. Il brillait d'une lueur pâle, comme si les larmes avaient raviné la pupille. Les mains étaient très blanches.

« Si votre mari avait été aussi connu que les autres, j'aurais pu vous offrir davantage… »

Anna fit un pas en direction de la porte. Ses lèvres étaient pincées.

« Les autres ? De quels autres parlez-vous ?

— Les autres otages !… Les Français, les Américains ! Eux, au moins, on parle d'eux !

— Pour vous, cela constitue une garantie ? »

Le banquier n'osa répondre.

Ainsi grandit Anna, au fil des nuits. Son souffle se mêlait à celui de Laure, dont Taro sollicitait désormais la présence. Elle était là comme une ombre qui le rapprochait encore de Gad. L'une et l'autre, silhouettes obsédantes, résonnaient en eux avec la constance d'une basse continue. L'écrivain ne pouvait se dégager de cette femme qui dormait derrière lui qu'en lui prêtant une vie offerte au prisonnier, lequel ne savait se libérer d'une autre qui dormait en lui et avec lui. Lorsque sa plume abandonnait le papier, laissant son esprit un instant encore dans le monde qu'il venait de décrire, Taro s'allongeait sur le lit, enfermait dans ses bras cette femme qui manquait tant à son compagnon emprisonné, et il la serrait contre lui avec un désespoir qui nourrissait parfois ses larmes. Il se relevait alors et ajoutait une nouvelle nuit au calvaire du médecin juif, quelques lignes seulement qui le montraient recroquevillé sur un galetas crasseux, le corps en fœtus, lié au béton de sa prison par un cordon de fer qui l'empêchait même de rêver. Il était un enfant. Sa femme était sa mère.

Taro se levait tard. Il lui fallait toujours un moment pour accommoder ses nuits aux lumières du jour. C'est-à-dire pour descendre d'un étage et atteindre le troisième. Le partage des tâches, des livres, des porte-plumes et des encriers constituait une véritable gymnastique de l'esprit. Il se couchait malheureux, s'éveillait entre deux, se rétablissait sur la barre fixe du travail.

Il n'avait jamais confondu les mystères d'une création obsessionnelle avec la régularité métronomique propre à l'ouvrage. Dans la journée, il parcourait à grands pas les territoires tracés par Museau et le haut fonctionnaire. La nuit, il retrouvait son propre champ de bataille. Au quatrième, il mêlait les courbes des lettres aux sinusoïdales de son esprit. Au troisième, les touches d'un ordinateur délivraient une écriture blanche, irréprochable mais sans style. Ici, il était contraint. Là, il accordait à la littérature le droit de s'échapper des règles.

Lorsque Bill Fumagore l'appela un matin, il s'apprêtait à quitter les incertitudes de son grenier intérieur pour l'espace mieux calibré des commandes du jour. Il fut cueilli par un accent méditerranéen, mâle, décidé sinon autoritaire. D'après le timbre, un cervidé domestiqué.

Bill Fumagore lui demanda s'il aimait les fruits de mer. Il répondit Oui. L'agent de Z lui suggéra d'en manger le soir même, dans le meilleur restaurant de Paris, du moins s'il était libre, ce qui paraissait souhaitable, c'est-à-dire obligatoire.

« Je vous attends vers vingt heures à mon hôtel, derrière Notre-Dame. »

Bill Fumagore était grand, mince, serti Rolex et boutons de manchette, parfumé Caron, *Pour un homme*. Il ouvrit la porte de sa suite à Taro puis regagna élégamment ses murs. Il tenait un attaché-case à la main et cherchait un coffre-fort derrière les tableaux. Les appartements donnaient sur les toits. Bill Fumagore craignait qu'on s'introduisît pendant le dîner et que le contenu du cartable passât d'une main à une autre.

Taro proposa qu'on emportât le trésor avec soi, ce qui heurta le sens commercial de son hôte :

« Vous n'imaginez pas, mon ami, les liasses que renferme ce petit récipient ! »

Griffé Vuitton.

Taro ne l'imaginait pas, et ne le sut jamais. Comme aucun tableau ne pivotait sur ses gonds, il suggéra qu'on s'en remît à la réception. Après avoir longuement réfléchi, Bill Fumagore déclina la proposition : demander, c'était informer, informer, c'était courir un risque, le risque, c'était d'éveiller d'inconvenantes curiosités.

« Ici », fit-il.

Il tendit un doigt manucuré en direction d'une marine de Texier qui dissimulait en effet un coffre. Bill y glissa la mallette. Puis, libéré d'une charge en or massif, il précéda Taro dans l'escalier, le hall, la porte à tambour. Il l'attendit sur le trottoir.

« Fruits de mer… Vous allez voir, mon ami : c'est gustatif ! »

Ils franchirent le parvis de Notre-Dame. Dans une rue proche, Bill Fumagore poussa la porte d'un restaurant pour touristes bruyants. Ils échouèrent dans une arrière-salle où les demoiselles langoustines tournaient de l'œil sous l'assaut d'une friture un peu rance venue des cuisines. Ils s'assirent. Bill Fumagore remonta ses manches, bloqua le coin d'une serviette dans l'encolure de sa chemise, commanda deux plateaux de fruits de mer, deux bouteilles de vin, du pain, du beurre, du sifflard et une Kro pour commencer.

« De temps en temps, mon ami, il est bon de relâcher la vapeur et de se laisser un peu aller. »

Bill Fumagore commença par le commencement, c'est-à-dire Freddy Borgne. Il posa cinq questions, obtint cinq réponses, sortit un téléphone portable de sa poche, composa un numéro qui passait par l'Italie et annonça :

« C'est ce que vous m'aviez dit : cent cinquante. »

Il raccrocha. On apporta la Kro. Il la but d'une seule lampée, mousse comprise. Il se sécha la lippe d'un revers de pochette et héla le garçon pour un deuxième tour de manège.

« Vous voulez connaître le fin mot de l'histoire ?… L'individu avait un contrat pour les porte-clés et les T-shirts. Il a ajouté les livres, les films et d'autres produits inutiles du même genre. Il a photocopié sa liste et l'a envoyée par fax. Personne n'a rien vu, évidemment, sauf sa secrétaire, qui doit être sa sœur, sa cousine, sa maîtresse, ou les trois à la fois. Un sans-faute…

— Qu'est-ce qu'on va faire ? demanda Taro timidement.

— Prendre les choses en main et récupérer le business.

— Je ne suis pas sûr que les éditeurs y consentent.

— On le fera avec doigté et discrétion. »

Bill affûta un sourire animal.

« Ils n'y verront que du feu. Un conseil : ne traînez pas dans les parages.

— Parce que ?

— On va lui serrer les couilles jusqu'au moment où il signera une lettre renvoyant sur ma société tous les documents signés au nom de Z. On lui laissera les porte-clés et la lingerie.

— Bien », fit Taro.

Il déglutit. Bill Fumagore remplit les deux verres à ras bord.

« S'il résiste, on en fera de la purée de testicules. »

Il martela le tourteau de son poing refermé. La chair gicla.

Puis la poésie l'emporta.

« Le pognon, vous l'avez touché ?

— Une partie.

— Où l'avez-vous placé ?

— A la banque.

— Une banque française ?

— Je n'en connais pas d'autre.

— Vous ne voyagez pas assez. »

Bill Fumagore observa Taro avec l'intérêt qu'il portait aux crevettes posées devant lui.

« D'après ce que je constate, vous manquez de paysages.

— Je me contente de la Seine, reconnut Taro.

— C'est un petit fonds.

— Mais un grand cru ! »

Taro leva son verre.

Bill Fumagore retira une pince soigneusement mordillée de ses mandibules et la maintint à hauteur d'yeux.

« Si vous me le demandez, j'accepte de m'occuper de vos affaires. J'habite Jersey.

— Quel est le rapport entre mes affaires et votre lieu d'habitation ?

— L'horizon fiscal.

— Je ne comprends pas.

— Vous êtes un vrai naintellectuel, vous, non ? »

Bill Fumagore considérait son invité avec le respect qu'il témoignait au cul des bulots assis dans son assiette.

« Question sport, vous faites quoi ?
— Du jogging dans ma tête, répondit Taro.
— Ça se voit. »

Bill remplit les verres. Taro vida le sien. Il songeait qu'il ne resterait qu'à ce prix-là : une bouteille du moins.

« Les marchands de livres, ça paie ?
— Tout dépend des contrats… »

Bill Fumagore fit clac-clac avec ses dents.

« Je ne vous parle pas de l'officiel ! Je pense au détail ! »

Il goba trois huîtres et une poignée de crevettes grises.

« Les contrats de sportifs, c'est 10 %. J'ai les plus grands footballeurs du monde dans mon sac. Mais je suis ouvert à toute proposition artistique…
— Je ne suis pas habilité à parler de cela, fit Taro.
— Heureusement ! »

Bill Fumagore éructa avant de revenir à ses moutons dorés :

« Z, il va bien falloir que vous le rencontriez si vous voulez rendre quelque chose à vos marchands de livres ! Et après, quand les feuilles vont sortir dans les magasins, faudra bien qu'il soit là, Z, pour les vendre !
— Certainement », reconnut Taro.

Une douce chaleur l'attaquait.

« On s'arrangera à ce moment-là.
— Vous verrez ça avec les éditeurs », marmonna Taro.

L'ambiance musicale grimpa soudain de deux décibels dans le restaurant. Taro reconnut *Come on in my Kitchen*, d'Eric Clapton. Il demanda à son partenaire s'il appréciait la musique.

« J'aime bien *La Marseillaise.*

— Et comme nécrivain ?

— J'ai pas de titre sous la langue.

— Vous ne lisez jamais ?

— Les noms sur les chèques. »

Bill Fumagore happa la chair d'un bigorneau.

« Regardez-moi… »

Taro dressa l'œil.

« Vous picolez trop vite… A part ça, à titre d'avance sur nos affaires futures, je vous ferai cadeau de la com' sur les rencontres avec Z.

— Merci », remercia Taro.

Bill Fumagore sauça délicatement ses doigts dans l'eau à bulles. Repu, il exposa les doléances du tiers-état footballistique.

« Rendez-vous compte : ils ont touché quatre millions après la Coupe du monde. Pour vous, d'après l'apparence, c'est beaucoup, mais pour eux ? Après trente balais, qu'est-ce qu'ils vont faire, à part rien ? Barthez a signé avec McDo en quart de finale, ce qui est une stupidité considérable : il reste au menu enfants. Trente-huit pour cent de ventes en plus ! Thuram et Petit, ils sont montés chez Opel pour dix millions ! Pirès, il se costume à l'œil chez Cacharel, et Petit dans la haute couture. Z, je vous dis pas !

— Si je comprends bien, articula Taro après avoir ordonné deux bribes de pensée, Freddy Borgne était l'agent produits dérivés du produit principal, Z ?

— Vous avez tout bon !

— Pour les briquets et les T-shirts ?

— Il avait aussi les caleçons. »

Dans la poche arrière du pantalon de Bill Fumagore, un téléphone vibra. Bill Fumagore décrocha. Eric Clapton attaquait *Slowhand.* Taro jeta les coquilles à la mer et augmenta son forfait d'une bouteille.

La chasse d'eau trois tons sortit Taro de sa torpeur. S'étant penché par la fenêtre, il reconnut le cabriolet rouge. Le premier nain de la reine Blanche Nègre s'impatientait au volant.

« Tu es en retard, Négrillon ! commenta-t-il lorsque Taro fut à l'approche.

— T'es mon pote ?

— Pas encore !

— Alors change de personne. Passe de la seconde à la troisième.

— Tu me prends pour une boîte de vitesses ? »

Joyeux tapota le coussin en cuir de la caisse côté passager.

« Tu es en retard. Sa Majesté m'a prié de venir te chercher. »

Taro monta.

« Tu ne devrais pas la mettre en colère. Madame chauffe vite. »

La trois ors Cartier, que Taro n'avait pas repérée jusqu'alors, glissa avec son doigt-support sur la clé de contact. Ça fit vrooom-vroom, mais pas longtemps : il y avait embouteillage. Joyeux prit sa place dans la file et devint Grincheux.

« Qui écrivait les livres de la princesse avant moi ? » demanda Taro.

Le nain le dévisagea avec une mine ahurie.

« Tu sais ça, toi ?

— Il a bien fallu que je remplace quelqu'un ! »

Simplet réfléchit longuement avant d'arborer une mine sérieuse :

« Un crétin. J'allais chercher la copie à son bureau.

— Qui se trouvait ? »

Ils se traînaient entre Edgar-Quinet et Montparnasse. Joyeux tendit un doigt devant lui.

« Tu prends la prochaine à gauche jusqu'au bout, tu t'arrêtes et t'attends. Sa maison d'édition se trouve là. »

Rue Huyghens.

« Pourquoi ne l'avez-vous pas gardé ?

— C'était un pornocrate... Il dessinait ma belle toute nue.

— Ah ? interrogea Taro.

— Un voyeur ! Sur les dessins, il se représentait en flou derrière.

— Ah ! » s'exclama Taro.

Sa pensée plongea dans une boîte aux lettres d'un immeuble de la Butte aux Cailles.

« Mais c'est ma fée qui avait les idées ! Le Nègre se contentait de mettre en forme.

— Comme moi, apprécia Taro.

— Sauf que toi, tu ne dessines pas des nichons sur toutes les pages ! »

Un camion bloquait le passage sur la droite, entre les rues Huyghens et Delambre. Dans l'autre sens, la voie était dégagée. Le nain braqua sur la gauche et joua du pied droit : vrooom-vroooom-vooom. Il lâcha un clin d'œil doublé d'une blague à sa hauteur :

« Tu vas voir : quand ça jouit, ces salopes, tout le quartier en profite ! »

Il visa une trouée après le camion, titilla les pédales, étreignit le volant, embrassa le rétroviseur puis, lâchant les gaz, il encula le boulevard d'un grand coup d'accélérateur.

Blanche Nègre se leva et alla chercher le *Roman d'une victoire* sur le guéridon. Elle lui montra la photo qu'ils avaient choisie avec l'éditeur pour cette édition en club : celle de Dior.

« J'aimerais vous poser une question.

— Cela fait partie de nos habitudes.

— Pourquoi avez-vous cosigné le livre ?

— Il me l'a demandé.

— Pour quelle raison ?

— Je ne l'ai jamais su.

— Vous lui avez demandé ?

— Non.

— Pourquoi ?

— Lorsque nous avons parlé de cela, il s'agissait d'une évidence pour lui. Je n'avais pas le choix.

— Vous auriez pu renoncer.

— Absolument pas.

— Vous cosignez souvent les livres des autres ? »

Il ne releva pas l'ironie. Cela lui était arrivé une fois : en page trois, caractères 7, et seulement pour soulager la veulerie d'un spécialiste en questions artistiques qui l'avait supplié de le faire afin de parer aux coups éventuels de ses pairs.

« Que craignait-il ?

— D'être jugé. Il préférait pouvoir s'abriter derrière un fantôme. Cet homme était un lâche.

— Vous l'écrirez ?

— C'est fait. »

Elle le considéra sans comprendre.

« Passons, dit-il. Vous comprendrez lorsque vous lirez le texte.

— *Mon* texte ?

— Le nôtre. »

Il ajouta :

« Pour le moment. »

Elle devint blanche comme la farine et empoigna son fume-cigarette. Depuis deux séances, elle ne fumait plus.

« Quand vous dites *pour le moment,* cela signifie que vous comptez signer *ce* livre ?

— Je n'ai rien dit de semblable.

— Ou le cosigner ?

— En aucune manière. »

Elle se détendit.

« Je vous réserve une surprise, voilà tout.

— Concernant la signature ?

— Le contenu. »

Il se souvint d'une scène symbolique qui s'était produite quelques années auparavant : il s'était retrouvé sur un plateau de télévision en compagnie d'un très haut magistrat dont il avait rédigé les mémoires ; abusant du faux témoignage, le juriste avait narré par le menu les affres de la création dont il avait été la proie durant les dix longues années qui lui avaient été nécessaires pour rédiger cet ouvrage écrit avec ses larmes et son sang. Taro se promit qu'en aucun cas, devant une caméra ou ailleurs, Blanche Nègre ne prendrait sa place.

« Revenons à Z », suggéra-t-il, glissant ses pas dans ceux de Noir.

Blanc ajouta que, lorsqu'il avait quitté Bill Fumagore et les poissons du IVe, il avait pris un taxi et s'était fait conduire chez Laure.

« Laure ?

— Une amie, je vous l'ai dit. Vous la retrouverez.

— A-t-elle un rôle à jouer dans notre histoire ?

— Dans la nôtre, oui. Dans celle de Z, non : je ne la connaissais pas à l'époque.

— Alors pourquoi m'avez-vous dit que vous êtes allé à Clairefontaine dans sa voiture ?

— Je ne sais pas si je vous l'ai dit, mais je l'ai écrit.

— Vous êtes un menteur !

— Non. Un écrivain.

— Un nègre », rectifia-t-elle méchamment.

Il en convint d'un mouvement de tête.

« Cette jeune personne s'appelle donc Laure ?

— C'est le prénom que je lui ai choisi. En hommage à Georges Bataille. »

Il s'attendait à d'autres questions. Il décida finalement qu'elle les poserait plus tard.

« Z m'a passionné, dit-il. Cela a donné un volume. »

Il le montra du doigt.

« Il a été publié, il s'est vendu, il est devenu introuvable, je ne tiens pas à le ressusciter. »

Elle pinça les lèvres mais approuva.

« Lorsque je suis revenu de ce dîner avec Bill Fumagore, je suis donc allé chez Laure… »

Il décocha un bref regard à Blanche Nègre et poursuivit sans se soucier de sa réaction.

Cette nuit-là, il se trouvait dans l'impossibilité absolue de soigner son ivresse au quatrième étage de la maison du passage. Il se sentait sale. Il lui semblait que toute la friture de ce restaurant de fruits de merde bouchait les pores de sa conscience. Il s'était laissé tomber contre Laure et avait dit :

« Je ne ferai pas ce livre. »

Le lendemain matin, il s'était réveillé au milieu des cartons : Laure préparait son déménagement. Elle ne savait pas encore où elle déposerait ses meubles, mais elle cherchait activement. Son propriétaire lui menait la vie dure : elle partirait avant les vacances.

Taro l'avait accompagnée à son travail. Ils avaient pris un café en face de la maison d'édition. Il avait répété à Laure qu'il ne téléphonerait plus jamais à Freddy Borgne ni à Bill Fumagore : il ne voulait pas fréquenter le monde du foot. Non qu'il portât un jugement sur ses us et ses coutumes ; il se contentait d'admettre que cet univers-là était trop éloigné du sien pour qu'il pût s'y introduire. Certes, il en avait fréquenté d'autres, pas moins étranges à ses yeux.

Mais le mélange du fric et de la vulgarité atteignait ici des sommets.

« Laure m'a persuadé que Z n'était pas le monde du foot, mais Z lui-même. C'était lui le sujet du livre : un personnage, pas un milieu.

— Formidable, cette jeune personne ! Il faudra que vous me la présentiez !

— Vous plaisantez ? »

Quand Laure était partie, Taro avait repéré un jeune homme assis près de la fenêtre du café, derrière un pilier. Ce jeune homme n'avait rien de remarquable sinon qu'il suivait Laure du regard tout en crayonnant sur un carnet. A la manière dont son regard allait de la silhouette s'éloignant au carnet posé devant lui, Taro avait compris qu'il la dessinait. Lorsque le jeune homme s'était levé, Taro avait gagné la place qu'il avait occupée. La nappe en papier avait été arrachée. Une esquisse subsistait dans un angle : le modelé d'une joue sur laquelle tombait une mèche de cheveux. Taro avait arraché le fragment, l'avait glissé dans sa poche et s'en était allé.

« Vous l'avez, ce dessin ? » questionna Blanche Nègre.

Il la dévisagea avec une ironie un peu insultante : ces regards posés sur autrui pour afficher un point de vue intérieur – mépris, ennui…

« Bien sûr que non !

— Et pourquoi ?

— Je vous l'ai dit : nous sommes dans un roman.

— Peut-être, mais ce jeune homme ne m'est pas forcément un inconnu.

— Evidemment ! » répliqua Taro.

Elle l'observa furtivement tout en suçotant son fume-cigarette.

« Avançons.

— Quand je suis rentré chez moi, Z m'a téléphoné. Il avait une voix chantante et douce qui a recouvert celles de Freddy Borgne et de Bill Fumagore. Elle les a effacées. Z m'a proposé de le rejoindre à Turin, et j'ai accepté. »

Il prit le livre que Blanche Nègre avait posé entre eux. Il lui montra la quatrième de couverture. Il se trouvait en photo avec Z.

« Nous sommes en Italie. Chez lui.

— Dans un jardin ?

— Le sien.

— Belle maison », apprécia Blanche Nègre.

Il avait longuement préparé ce premier entretien. Il avait lu et archivé des centaines de pages recueillies sur Internet. Il avait engagé une documentaliste qui lui avait fourni une autre moisson, plus précise et, surtout, vérifiée. Quand il s'était envolé pour l'Italie, il connaissait tout de la vie et de la carrière de Z. Il était devenu imbattable sur les clubs, les divisions, les ballons d'or. Il disposait de fiches sur chaque joueur de l'équipe de France, sur les matches qui avaient révélé Z, le quartier où il avait grandi, les membres de sa famille, ses quelques (rares) prises de position sociales ou politiques, les grandes dates de son parcours. Comme chaque fois qu'il devait écrire sur un sujet qu'il ne connaissait pas, il s'était immergé et avait appris.

« Je suis donc arrivé à Turin. C'est la ville de la famille Agnelli : Fiat et la Juventus. La brique rouge habillait le quartier ouvrier, la pierre noire signalait les usines. »

Blanche Nègre eut un geste d'impatience qu'il traduisit aisément : épargnez-moi ces détails.

Il poursuivit :

« Il bruinait ce jour-là.

— On s'en fiche ! coupa-t-elle.

— Non. Le temps a son rôle à jouer dans les humeurs.

— Celle de Z ? ricana-t-elle.

— Justement : celle de Z. »

Il avait le cafard. Il ne s'était pas remis de la blessure infligée à Athènes. Il avait fait entrer Taro dans une pièce vaste et claire encombrée de vidéos et de jouets pour enfants. Dans un angle, une vitrine abritait des coupes, des rubans tricolores, des médailles, de l'or, de l'argent et du bronze. Ce fut au moment où il s'apprêtait à lancer l'enregistrement que Z lui avait dit : « Ce livre, nous le signons à deux, n'est-ce pas ? » Taro avait répondu qu'ils en reparleraient. Z avait affiché une expression tout à la fois embarrassée et décidée. Il avait secoué la tête sans le regarder avant de lâcher : « Je ne crois pas que ce soit une bonne idée. » La voix était douce et chantante. Le timbre ne prêtait à aucune discussion. L'œil clair s'était posé sur Taro, contredisant la timidité apparente.

« Un livre, d'accord, avait poursuivi Z, considérant la question comme réglée, mais avez-vous besoin de moi pour l'écrire ?

— Il faudra que nous passions du temps ensemble.

— Combien ? »

Selon un barème établi par Taro depuis longtemps, il faut vingt heures au moins pour accomplir un bon travail sans ajouts complémentaires, dix avec une documentation conséquente, quinze pour s'en sortir honorablement.

Il avait proposé vingt heures. Z avait répondu que son emploi du temps était très chargé. Taro était redescendu à dix-huit. Ils avaient transigé à quinze.

Ils s'étaient lancés aussitôt dans un premier entretien qui avait démarré au starter. Après trente minutes, comme toujours, Taro savait à quoi s'en tenir sur le déroulement des séances. Elles se feraient au forceps, Z n'étant pas d'un caractère volubile. Elles ne s'improviseraient pas au gré d'une conversation libre mais devraient être soigneusement préparées. Elles seraient éprouvantes, l'interviewer devant relancer sans cesse. En raison des délais imposés par l'éditeur et d'un manque de disponibilité à prévoir du côté de Z, elles devraient s'agencer en fonction d'une structure de récit préalable.

« Passons sur la technique, commenta Blanche Nègre. Par quoi avez-vous commencé ?

— L'enfance.

— Et après ?

— L'adolescence.

— Racontez-nous cela. »

Taro refusa : le livre existait déjà.

Il dit que, dans ce salon ouvert sur un ciel gris et bas, Z avait résumé sa vie en deux heures. Taro avait préparé une question qui lui tenait à cœur. Oreille tendue, il attendait l'occasion de la poser. Z avait fait une ouverture en reconnaissant qu'un enfant d'immigré doit travailler deux fois plus qu'un autre pour y arriver.

« Le racisme ? » avait demandé Taro.

Il n'en avait pas souffert.

« L'intolérance ? »

Il était contre.

« Le Front national ? »

Il n'avait pas d'opinion particulière à émettre sur cette question. Cependant, page 206 du *Roman d'une victoire*, Taro glisserait un *Le Pen tête de nœud* que Z laissa, qui fut imprimé à plus de cent mille exemplaires.

Victoire.

« Je voulais qu'il commente le match qui s'était déroulé le 18 juin 1998 au stade de France, expliqua Taro à une Blanche Nègre larguée. France-Arabie Saoudite.

— Je ne l'ai même pas regardé.

— A la soixante-cinquième minute, Z met un genou en terre, tourne sur les mains, lance la jambe droite, s'empare de la balle, la crochète, se relève, la fait passer à gauche, puis à droite à l'instant où elle va être interceptée, se libère du tacle, bascule, repart à la course, s'échappe avec le ballon, tire en direction de Deschamps, qui récupère…

— Et alors ? »

Blanche Nègre le considérait d'un œil torve.

« Roulette ! Z échappe à deux attaquants. La foule applaudit, déchaînée. Cinq minutes plus tard, Z court sur la bordure droite. Amin, le capitaine de l'équipe adverse, se jette dans ses jambes. Z se dégage et laisse retomber ses crampons sur le flanc du joueur. L'arbitre siffle. Il est à cinq mètres, sur la bordure. Il lève le bras. Il s'approche. Il fait un tour sur lui-même et sort un carton rouge qu'il brandit sous le nez du n° 10.

— Vous parlez comme un animateur sportif !… Et puis ?

— Z a été expulsé.

— Cela devait arriver…

— Pour lui, c'était terrible. Une catastrophe. Sa Coupe du monde était fichue… Ça ne vous rappelle rien ? »

Blanche Nègre secoua trois fois la tête.

« Cherchez. »

Taro se souvenait des images de l'expulsion. Il les avait visionnées dix fois, vingt fois… Z avait quitté la pelouse sans rien montrer. Les mâchoires fermées sur la colère. Autour de lui, quatre-vingt mille personnes hurlaient son nom et insultaient l'arbitre. Debout devant le banc de touche, l'entraîneur ne l'avait même pas regardé. Et Z, sonné, la tête dans les godasses, allait vers l'entrée des vestiaires. Tous ses espoirs étaient anéantis. Il avait obtenu le pire des cartons rouges : celui qu'on reçoit en Coupe du monde.

« C'est cela qu'il vous a raconté à Turin ?

— Notamment. »

Z était debout dans l'encadrement de la baie vitrée. Il parlait aussi bas que d'habitude, mais le ton était très décidé, le visage fermé, la mine mauvaise. Taro avait vérifié que le magnétophone tournait toujours, puis il avait posé la question présente dans tous les esprits à l'époque.

« Laquelle ?

— Celle que vous vous êtes posée vous-même, je suppose.

— Je n'ai pas vu un seul match. Même pas la finale.

— Dommage », commenta Taro.

Il marqua un court silence.

« Je lui ai demandé si le capitaine de l'équipe d'Arabie Saoudite l'avait insulté.

— Et alors ?

— Non.

— Qu'attendiez-vous qu'il vous dise ?

— Qu'il avait répondu à l'insulte.

— Voilà en effet qui me rappelle quelque chose ! » s'écria Blanche Nègre.

Taro la complimenta :

« Vous voyez que le football vous intéresse ! »

Elle se tendit légèrement sur sa chaise.

« Il a offensé sa sœur ?

— Rien du tout. Aucun propos de cet ordre, aucune parole raciste. »

Taro prit le livre sur la table, tourna les pages jusqu'au passage qu'il cherchait. Il lut :

« J'avais toujours un joueur sur le dos. Je déteste l'injustice et la violence. Je prends des dizaines de coups, j'encaisse sans rien dire, mais arrive un moment où je ne peux plus tenir : je me révolte, j'explose, c'est plus fort que moi. Je viens d'un quartier dur de Marseille. Là-bas, on ne cherche jamais la bagarre, mais si on te provoque, tu ne te laisses pas faire ! »

« Il vous tutoyait ?

— Souvent.

— Depuis quand ?

— Turin. Dans sa maison.

— Vous avez vu sa femme ? Ses enfants ?

— Oui. Nous sommes allés chercher son petit garçon à l'école.

— En Ferrari ? En Porsche ?

— En Fiat. »

Elle fit la moue.

« Et après ?

— Nous sommes revenus chez lui, j'ai appelé un taxi qui m'a conduit à l'aéroport, puis je suis revenu à Paris.

— Avez-vous vu sa famille ? Ses parents, ses frères, sa sœur ?

— Oui. Je les ai tous rencontrés chez eux. »

Taro posa bruyamment les mains sur la table pour signifier à Blanche Nègre qu'il comptait arrêter là la séance du jour.

« C'est pour cela que vous vous êtes attaché à lui ?

— Pour sa grande simplicité. Mais pas seulement.

— Racontez-moi, s'il vous plaît. »

Il secoua la tête.

Elle rongeait son fume-cigarette. Il se leva.

« Restez assis ! »

Elle avait glapi. Il marcha lentement vers la fenêtre. L'herbe avait pris une coloration rousse. Le vent mugissait dans les arbres. Il eut envie d'ouvrir la fenêtre, mais il s'abstint. Il parla en tournant le dos à Blanche Nègre. Il dit qu'il avait vu Z pendant plusieurs semaines, et que cela lui avait permis, en effet, d'entrer un peu dans sa vie. Pas longtemps, pas beaucoup, mais suffisamment.

Il se tourna vers le bureau.

« Je ne vous dirai rien de ce que vous voulez savoir. »

C'était pareil pour tous : la plupart des Blancs avec qui il avait joué lui avaient dévoilé une part de leur existence souterraine. Il gardait cette banque de données-là pour lui-même.

« Quand l'avez-vous revu ?

— A Laval. Je vous l'écrirai. »

Elle se leva à son tour.

« Je préfère que vous me racontiez avant.

— Je n'ai pas besoin de vous pour écrire.

— Mais moi, j'ai besoin de vous entendre. »

Elle le regardait, les poings sur les hanches.

« Je dois me mettre dans votre peau.

— Pourquoi ?

— Pour parler de tout cela après. Lorsque mon livre existera vraiment. »

Elle avait dit *mon* livre. Il avait parfaitement bien entendu. Ce changement de pronom le ravissait. Il lui tendit la main. Elle la prit, stupéfaite : c'était le premier salut direct qu'il échangeait avec elle.

« Vous devenez inconscient !

— Non », dit-il.

Il ramassa sa veste sur le dossier de la chaise. Joyeux apparut dans le jardin, de l'autre côté de la vitre.

« Vous avez autant besoin de moi que moi de vous.

— Pourquoi ? demanda-t-elle en fronçant les sourcils.

— Je vous le dirai plus tard. Quand *votre* livre sera près d'être publié. »

Il s'inclina légèrement, suivit le couloir jusqu'à la porte d'entrée. Elle ne fit même pas mine de le raccompagner. Dehors, Taro coiffa ses écouteurs et choisit l'aria *Gualtier Malde* de Rigoletto. La vie avait un doux parfum de vanille. Il savait comment il se déferait du piège dans lequel Blanche Nègre et Coco Mademoiselle avaient tenté de l'enfermer.

Quand il revint de Turin, il s'était en effet attaché à Z.

Son expérience de Noir lui avait appris à détecter les postures adoptées par les Blancs assis en face de lui. Il n'était là que pour les aider à se faire valoir. A leurs yeux, il ne comptait pas plus qu'un pion. Lors des premières séances, ils posaient quelques questions bien élevées et mal amenées portant sur des détails de la vie privée qui ne les intéressaient absolument pas : Taro avait-il des enfants ? Où habitait-il ? Avait-il bien dormi ? Partait-il en vacances ? C'est tout juste s'ils n'enchaînaient pas les interrogations les unes derrière les autres sans attendre les réponses. Taro n'était pas dupe. Peu lui importaient les mots prononcés. C'était le visage qui comptait. L'incommensurable ennui qui se peignait sur la face des Blancs sitôt qu'on s'éloignait d'eux et de leur Œuvre.

S'il avait des enfants ? C'était autant pour faire preuve de politesse que pour s'assurer qu'il ne serait pas importuné durant le travail. Où il habitait ?

C'était pour vérifier sa proximité. S'il avait bien dormi ? Pour mesurer sa disponibilité. S'il partait en vacances ? Pour l'en dissuader si nécessaire.

Taro prenait sa revanche à la page 193 de chacun des ouvrages signés par des Blancs becs qu'il épinglait rituellement d'un trait de plume invisible au premier regard. C'était un jeu. Ecrivant cela, il riait à l'avance en imaginant quelque cent mains se précipitant vers les ouvrages signés et non cosignés, ouvrant à la page 193 et cherchant du doigt la signature de Noir.

Bon vent !

Z, lui, ne travestissait aucun de ses sentiments. Il n'adoptait pas ces façons propres aux imbus de soi habillant le dédain d'un costume plus civil. Il avait conservé des manières simples, un dégoût de l'ostentatoire, de la frime et du baratin. Il ne plaçait aucun ego dans ce livre qu'ils fabriquaient ensemble et qu'il ne chercherait évidemment pas à s'approprier. Taro l'aimait bien, de la même manière qu'il s'attachait aux Blancs dont il devait raconter la vie. Comment, autrement, eût-il pu écrire avec quelque vérité des propos moralisateurs qui lui paraissaient souvent stupides après coup ? Pas dupe, il savait que le tutoiement, les embrassades et les marques d'attention n'auraient qu'un temps. Mais, durant ce temps-là, il avait besoin d'une complicité amicale ; il devait pouvoir défendre par la parole celui dont il faisait l'éloge au fil des pages.

« Pourquoi Z veut-il un livre ? demandait Laure. En quoi en a-t-il besoin ? »

C'était la vraie question. Il n'avait aucune réponse. Il savait seulement que ce n'était pas pour l'argent : les deux cents pages qu'ils fabriqueraient ne lui rapporteraient pas le millième de ce que lui donnerait une pub pour un produit médiocre.

« Demande-lui ! »

Il n'eut pas besoin : il finit par le comprendre seul.

Ils se revirent à Laval, en Mayenne, dix jours après Turin. Bill Fumagore organisa le rendez-vous. Il téléphona un soir à Taro et dit :

« Vous l'attrapez au train du soir, à la gare Montparnasse.

— Quelle heure ?

— Je ne sais pas.

— Je l'appelle, suggéra Taro.

— Il ne répond plus sur son portable. Je m'en occupe. »

Cinquante minutes plus tard, Taro avait l'heure. Mais pas le numéro de la voiture.

« Je vous sonne quand j'ai le détail.

— Pas besoin, objecta Taro. Je l'attendrai à l'entrée du quai.

— Vous ne le rattraperez pas : il court plus vite que vous, naintellectuel. »

Une heure plus tard, Taro avait le numéro de la voiture.

Grâce à quoi, le lendemain, il se trouvait en bonne place. Mais le voyageur n'apparut pas. Taro laissa partir le train et téléphona à Z : répondeur.

A Bill Fumagore : répondeur. A Z, tous les quarts d'heure : répondeur. A Bill Fumagore, tard le soir : répondeur.

« Je crois, au fond, qu'il se fout de ce livre », dit-il, passablement exaspéré, à Laure.

Elle avait passé la nuit chez lui. Sa présence ne l'incommodait plus : quand elle dormait, il écrivait l'histoire d'Anna.

« Tu n'as pas forcément besoin de lui pour raconter sa vie ! »

Le troisième étage débordait de livres, de coupures de presse, de documents divers consacrés au football et à sa vedette du moment. Le haut fonctionnaire n'occupait plus qu'un coin de table dans l'emploi du temps de Taro. Son manuscrit atteignait les deux cent quarante-quatre pages. Manquait encore un chapitre que Taro comptait achever au retour de Laval, le temps que fussent décryptés les derniers entretiens avec Z.

A neuf heures, le téléphone sonna.

A neuf heures trente, il montait dans le train. A douze heures quarante et une, après un changement au Mans, il arrivait à Laval. Il se présenta au directeur de l'hôtel deux étoiles qu'on lui avait indiqué. Celui-ci écrivit une adresse sur une feuille et la lui donna.

« Faites attention à ne pas vous faire suivre. On sait qu'Il est là. Tout le monde Le cherche. »

L'hôtelier montra une grappe de badauds attroupés non loin, quelques voitures de presse aux couleurs des grandes stations nationales.

« Je reçois les plus grands joueurs du monde. Je suis habitué aux caméras et aux micros. Mais là, ça dépasse l'entendement. »

Taro sortit de l'hôtel. Il suivit une rue qui descendait doucement vers un carrefour ensoleillé. Il prit à gauche et marcha quelques centaines de mètres. Il s'arrêta au numéro indiqué, repéra une série de boutons de sonnette et appuya sur celle marquée *Kiné.* On le fit entrer. Il fut dirigé vers la salle d'attente.

Après un quart d'heure, il fut introduit dans une pièce où des patients inspiraient, tendaient les bras ou les jambes, comptaient jusqu'à dix, expiraient. Z se trouvait au fond, un parmi d'autres, allongé sur un banc. Il était torse nu. Il adressa un petit signe amical à Taro puis se redressa et se frotta le cou.

« C'est la blessure d'Athènes. Il va falloir que je me fasse opérer du ménisque. »

Il se leva et enfila un survêtement.

« Je ne vais pas pouvoir jouer pendant deux ou trois mois. »

Une pensée misérable traversa l'esprit de Taro : « C'est bon pour le livre. »

« On va à l'hôtel, reprit Z. Je dois retrouver un ami. »

Z se coiffa d'une casquette et chaussa une paire de lunettes noires. Puis ils sortirent. Deux ou trois vigies étaient postées en face. Il y en avait partout dans les centres névralgiques de Laval : leur mission consistait à prévenir si on LE voyait.

On L'avait vu. Mais Il avait une technique bien rodée pour fuir les curieux. Il baissa la tête et remonta la rue en marchant très vite. Pour se maintenir à son côté, Taro fut obligé de courir à petites foulées. Le tableau devait être saisissant : un sportif en baskets allant à son pas et un naintellectuel courrotant afin de garder le cap.

« C'est une excellente méthode pour échapper aux demandes d'autographes : foncer tête baissée. Les gens me reconnaissent, mais le temps qu'ils soient sûrs que c'est moi, j'ai pris une longueur d'avance. »

Taro se demanda comment on pouvait parler de la même voix flûtée et tranquille tout en marchant à deux cents à l'heure.

« C'est ce que j'ai fait hier, en traversant la gare Montparnasse. Mais je suis arrivé trop tard. J'ai raté le train. »

Ils arrivèrent au carrefour et tournèrent à droite.

« Un ami m'a accompagné en voiture. »

L'ami partageait le goût du pays avec Z. Il était petit, enveloppé, gentil comme un bonbon, docile, et, à part ça, il pensait tout comme Z. Il le mangeait du regard, buvait ses paroles, souffrait si son maître prononçait un seul mot de travers contre lui. Alors, il se repliait sur lui-même, ouvrait grand ses bons yeux pour montrer combien le malheur l'accablait, et quand Z lui tapait sur l'épaule, il frémissait de joie, se dressait sur ses pattes de derrière et jappait de contentement. Il était l'animal de compagnie du champion du monde. Un whippet avec permis de conduire.

Ils partageaient la même chambre. Z à droite, le whippet à gauche. Au-dessus, accrochée à un bras métallique, la télé diffusait la bonne parole. Un sweat, deux paires de chaussettes, traînaient sur une moquette douteuse. Trente-cinq euros la nuit. Personne ici n'avait la grosse tête.

« J'ai faim », dit le whippet.

On sortit. L'alerte avait été donnée. Une bande d'admirateurs attendaient à la sortie de l'hôtel. Tandis que Z s'abandonnait gentiment à sa tâche, le whippet prit Taro à part.

« C'est quoi, ce livre ?

— Un livre ! répondit Taro qui n'avait guère envie de s'expliquer. Avec des pages. »

Le whippet réfléchit vingt secondes puis tendit une main ronde à Taro.

« Je suis le meilleur ami de Z.

— Félicitations.

— Si tu as besoin de moi, je te donnerai mon numéro de téléphone. »

Taro nota que dans le milieu footballistique, on se tutoie très vite. Et on est généreux :

« Quand Z vient à Paris, c'est moi qui vais le chercher à l'aéroport, et moi qui le conduis. Je suis son chauffeur ami. »

On est très serviable :

« Si tu veux le voir plus souvent, passe par moi. »

On est franc et sincère :

« Un livre, doit y avoir de la maille à se faire avec… »

On est ouvert au dialogue :

« Je te ferai quelques propositions. »

Quand Z eut signé tous les autographes, le whippet revint au bercail, queue entre les jambes :

« Excuse-moi, Z, je parlais avec mon nouveau copain. Je t'ai abandonné, mais pas longtemps…. »

Il montra Taro du doigt et dit, assez fort pour être entendu des deux parties :

« T'as bien choisi. Lui, c'est un nécrivain. Ça se voit tout de suite. »

On partit. *Molto lento*, cette fois. Z n'avait même pas répondu.

Au restaurant, la reconnaissance faite, ils furent conduits à une table centrale. Z n'osa pas demander une place à l'écart. Tous les clients les regardaient.

Quand ils furent assis, Taro sortit son magnétophone.

« T'as les bonnes piles ? » s'enquit le whippet.

Taro répondit par l'affirmative.

« Parce qu'il ne faudrait pas qu'il redise deux fois les mêmes choses. Son temps est compté… »

Ils parlèrent du pays, au-delà des mers. Comme le whippet s'en mêlait, Taro songea avec une exaspération croissante qu'il lui faudrait diviser par deux les trois heures qu'il avait réussi à arracher à Z. Son impatience monta d'un cran lorsqu'il entendit le whippet proposer un tome deux.

« Avec ma vie, cette fois ! Si je te racontais tout ce que j'ai fait, t'en aurais des pages ! Hein, Z ? »

Z lâcha la laisse :

« Ça va, Whippet ! »

Ils reprirent au pays. Puis Z s'expliqua sur ses silences légendaires, première protection contre les interprétations erronées de ses propos. Après les entrées, les plats et les desserts, il vanta le football de rue et, comme Taro lui demandait en quoi ce football-là diffère des autres, il répondit :

« C'est le plus génial, le plus créatif de tous. Celui de mon enfance. »

Il se leva.

« Je prenais un ballon et j'inventais des gestes. Ici, on n'a pas de ballon, mais tant pis. »

Il était debout, devant la table, la tête penchée vers une balle imaginaire. Vingt paires d'yeux le suivaient attentivement. Le personnel du restaurant s'était rassemblé dans un coin et ne perdait rien du spectacle.

« Avec mon frère, on avait inventé quelque chose. »

Il lança un pied sur le côté, puis l'autre, inclina la chaussure, et commenta :

« Le ballon passe de la jambe gauche à la jambe droite. Tu tends celle-ci vers l'extérieur, et tu feintes en envoyant la balle entre les jambes de l'adversaire. Il faut le faire très vite, pour que l'autre ne s'y attende pas. Et quand il a pris le petit pont, il reste baba et se demande ce qu'il lui est arrivé. »

Il montra encore, deux fois, trois fois.

« Ce truc-là, c'est du football de rue. Un mouvement si particulier qu'on ne peut pas le faire dans un match. J'ai essayé. Mais ce n'est possible que quand on joue avec des copains, quand on peut se lâcher. Le petit pont, chez nous, c'est une humiliation terrible. Si on fait ça dans un match, on se fera taper. Celui qui a été humilié par une belle feinte se vengera dès qu'il le pourra. Les actions décontractées, ce n'est possible qu'à l'entraînement... Le football de rue, c'est tout ces gestes qu'on inventait avec mon frère et avec les potes pour surprendre... »

Il se rassit. Toute la salle applaudit. Le whippet plus fort que les autres. Le visage de Z était lumineux : même sans ballon, il savait jouer au foot. Il était heureux. C'est en l'observant que Taro comprit pourquoi il faisait un livre : par hasard. Il n'y mettait aucune passion. Contrairement à la plupart des Blancs qui s'étaient assis en face du micro tendu, il n'affichait pas de faux intérêt. Ni pour la personne ni pour l'objet. Participer à l'écriture d'un livre le racontant lui semblait à l'évidence très incongru. Il dévisageait Taro comme s'il était un bipède venu d'un autre monde. Et le bipède en question n'était pas moins étonné de se trouver en face d'une icône en short dont le meilleur, intraduisible par les mots, résidait dans le jeu de jambes.

Le premier à avoir émis l'idée d'un livre était sans doute Freddy Borgne. Bill Fumagore l'avait reprise. Z avait accepté pour ne pas placer les uns ou les autres dans l'embarras et parce que son agent, le vrai, l'avait sans doute persuadé qu'un livre, c'est bien pour l'image, ça ne mange pas de pain et ça rapporte un peu de pognon. L'affaire était tombée sur Taro. Il n'était certainement pas le meilleur. Le livre qu'il aurait voulu écrire, s'il avait été écrivain, ce n'était pas celui-là, que des centaines de chroniqueurs sportifs eussent fait mieux que lui. Il aurait voulu écrire le livre du livre. Et, alors que Z venait de se rasseoir après avoir fait des passes imaginaires dans un restaurant de Laval, tandis que le whippet s'inclinait pour remercier ceux qui l'applaudissaient d'avoir conduit le champion du monde jusqu'à eux dans sa voiture personnelle, Taro pensait que ce livre-là, quand Z aurait pris sa retraite et déserté les terrains de foot, ce livre-là, il l'écrirait.

Un matin, Taro accompagna Laure rue Huyghens. Il avait dormi chez elle. A sa demande, elle lui avait confié l'album de *Marie Papier* qu'elle avait découvert dans sa boîte aux lettres quelques nuits plus tôt.

Les cafés installaient leurs terrasses sous un ciel bleu.

« Allons près de ton bureau », proposa Taro.

Il repéra l'individu qu'il comptait accoster là où il l'avait vu la première fois.

« Le connais-tu ? demanda-t-il à Laure après qu'ils se furent assis à quelque distance du jeune homme.

— Il me semble qu'il travaille chez nous. Je ne lui ai jamais parlé.

— Chez *nous* ?

— Au bureau. »

Taro n'avait jamais compris comment une personne payée par une boîte pour y mourir un peu trente-cinq heures par semaine pouvait gratifier celle-ci d'un pronom très personnel.

Quand elle fut partie, Taro se leva pour intercepter le jeune homme qui s'apprêtait à la suivre. Il esquissa une grimace olfactive en respirant une odeur qui lui rappela le *Cool Water* de ses premières années : savon, lessive, bergamote. Il lui présenta l'album de *Marie Papier.* Claude Vizir blanchit d'un coup. Taro lui désigna la place près de la fenêtre où l'artiste obsessionnel s'asseyait toujours. Un dessin traînait encore sur la nappe.

« Vous réécrivez pour les autres ?

— Parfois, répondit Claude Vizir.

— C'est vous qui vous êtes chargé du dernier livre de John Wifeman : *L'Amour sur la lune* ? »

Une suspicion légitime s'inscrivit sur les traits du jeune homme.

« Elle vous a viré pour la qualité de vos dessins, poursuivit Taro. C'est grâce à eux que je vous ai mis la main dessus. »

Il sortit de son portefeuille le fragment de nappe qu'il avait découpé la première fois. Il le mit en regard des dessins pornographiques rassemblés dans le cahier de *Marie Papier.* L'artiste était le même.

« Vous avez écrit combien de livres pour John Wifeman ?

— Deux. Comment le savez-vous ?

— Je l'ai déduit de quelques allusions.

— Elle n'appréciait pas mes dessins.

— C'est ce qu'on m'a laissé entendre. »

Taro montra la façade de la maison d'édition.

« Vous réécrivez des manuscrits pour eux ?

— Nous sommes ses éditeurs.

— *Nous* ? » releva Taro.

Il referma le cahier et froissa le fragment de nappe.

« Je me fous que vous soyez ou ayez été le nègre de John Wifeman ou de quiconque. »

Il posa sa main sur le bras de Claude Vizir et serra vigoureusement.

« Mais je vous demande d'exercer vos talents et de nourrir votre imaginaire sur un autre objet que cette jeune fille à laquelle je suis personnellement très attaché. »

Il allégea son étreinte et ajouta, presque amicalement :

« Enfin, je vous conseille de changer de parfum : les femmes n'aiment pas beaucoup l'odeur du dihydromyrcenol. »

Comme l'autre le dévisageait avec un mélange de stupeur, d'incrédulité et de crainte, Taro conclut :

« Moi aussi, j'ai beaucoup écrit pour les autres. Notamment une encyclopédie sur les essences et les parfums. »

Il se leva. Il quitta le café sans un regard pour le jeune homme. Son esprit, déjà, était ailleurs.

Le haut fonctionnaire acheva ses entretiens avec Museau sur la situation au Moyen-Orient. A propos du Liban, il notait qu'un grand nombre de complices des preneurs d'otages, sinon ces derniers eux-mêmes, occupaient, vingt ans après la libération de Kauffmann, Carton, Fontaine, Auque et Normandin, des postes importants dans les instances gouvernementales. Cette amnistie officielle le scandalisait.

Taro conclut le livre sur le chapitre choisi par Museau pour boucler ses entretiens. Mais il déplaça le commentaire sur le Liban dans le chapitre consacré aux otages français enlevés à Beyrouth en 1985.

Il relut attentivement l'ensemble, puis il téléphona à Kajanef pour l'informer qu'il avait fini. Ils déjeunèrent ensemble aux *Pingouins*. Taro remit le texte à son ami. Il n'en pensait ni bien ni mal. La critique reprocherait à l'auteur d'avoir souvent péché par omission. Notamment sur la question des otages : il ne parlait pas de leur libération.

« Il cogne sur la droite sans jamais rappeler que

c'est Pasqua, Marchiani et Safa qui les ont fait libérer. »

Taro n'entendit pas le commentaire de Kajanef. La porte du restaurant venait de s'ouvrir sur un groupe assez bruyant. Parmi eux, il y avait une femme que Taro avait déjà rencontrée. Il ne savait pas où.

« Je voudrais que tu me mettes en contact avec le fonctionnaire.

— Je vais essayer, répondit Kajanef. Cela ne sera pas facile : nous sommes dans la clandestinité la plus absolue.

— Demande à Museau.

— Il n'acceptera pas. »

Taro soupira.

« Je comprends que tu souhaites le voir, reprit gentiment Kajanef. Je vais organiser cela.

— Dans son texte, il fait une allusion à un médecin juif. Je veux connaître le nom de cet homme.

— J'essaierai », promit Kajanef.

Taro regardait le groupe en général et la femme en particulier. Où l'avait-il rencontrée ?

« Tu as piégé le manuscrit ?

— Page 193. C'est toujours là que je cambriole. »

Ils commandèrent à boire et trinquèrent à la farce à venir. La femme assise face aux deux hommes avait une cinquantaine d'années. Taro était certain de l'avoir croisée dans le cadre de son travail, probablement autour de Museau. Il cherchait qui, où, comment, pourquoi.

« J'ai un problème technique difficile à résoudre, exposa-t-il, ramenant sa pensée de la femme assise non loin à sa visite au cabinet de kinésithérapie de Laval. Comment ferais-tu pour écrire les mémoires d'un sportif de haut niveau connu dans le monde entier, dont chacun sait qu'il est incapable de les écrire lui-même ?

— Z ?

— Z.

— Tu l'as rencontré ?

— Oui.

— Je ne vois pas de problème.

— Moi si », rétorqua Taro en étouffant un petit rire.

Il venait de trouver une réponse aux trois dernières questions qu'il se posait sur la femme assise : où, comment, pourquoi. Manquait le *qui*.

« Tu as écrit combien de bouquins comparables à celui-ci ? interrogea Kajanef. Les mémoires des stars, tu connais !

— Sauf que cette fois, je dois cosigner. »

Kajanef resta deux secondes coi.

« J'y suis obligé. Exigence de Z lui-même. »

Kajanef apprécia :

« La quintessence de la négritude ! Apparaître pour la première fois sur la couverture d'un livre que tout le monde va t'envier !

— Toi aussi ?

— Non, répondit Kajanef. Moi, j'arrête. Je n'accepterai plus rien. Même Z, si on me l'avait proposé. »

Il revint sur ses pas :

« Il n'y a pas de honte à signer. Mais, signant, tu n'échapperas pas à la première personne. Ce sera toi et lui. *Je* et *il.*

— Eh bien non, riposta Taro. Il n'est pas question que je me mette en scène. »

Il avait accepté de faire le livre avec Z, et donc de le cosigner, mais il refusait absolument d'apparaître, fût-ce entre les lignes. C'était là le problème technique qu'il n'avait pas résolu : celui du point de vue. D'habitude, il se mettait à la place de Blanc et rédigeait à la première personne : *Je suis né à Paris...* La double signature imposait deux voix : *Je sais qu'il est né à Paris.* Ce dont il ne voulait pas.

« Pourquoi arrêtes-tu d'écrire pour les autres ? » demanda-t-il en se tournant légèrement afin d'être invisible au regard de la femme assise.

Il ne souhaitait pas prendre le risque d'être à son tour observé puis reconnu.

« Je veux finir la biographie de Beethoven.

— C'est vraiment l'œuvre de ta vie ?

— Ça le devient », répondit Kajanef avec une gravité dans la voix.

Taro posa un regard interrogateur sur son ami. Il n'était pas dans ses manières d'énoncer des paroles définitives. Kajanef bifurqua :

« J'ai eu des nouvelles d'Auguste Martin.

— Je m'en fous, répliqua Taro. Parlons de Beethoven.

— Martin a trouvé un éditeur.

— Je m'en fous, répéta Taro.

— Son livre sera publié dans un mois. Je l'ai vu annoncé. »

Ils se regardèrent. Un voile très bref, très noir, très désespéré, passa dans l'œil de Kajanef. Puis il sourit.

« On te regarde. »

Taro ne bougea pas.

« Une femme assise, très apollinairienne sur la banquette…

— Tu ne perds rien pour attendre, gronda Taro.

— Elle te connaît ?

— Nous nous sommes rencontrés il y a longtemps. »

Il venait d'être engagé par Museau, et ne connaissait pas encore Kajanef. L'éditeur lui avait remis les épreuves d'un livre d'Alberto Moravia qu'il s'apprêtait à publier (c'était onze ans avant sa mort). Le texte était magnifique. Il résultait d'entretiens réalisés entre l'écrivain italien et une journaliste. Taro avait demandé à lire le script. Celui-ci était très riche. Museau avait dépêché Taro auprès de la journaliste pour l'aider à réintroduire les meilleurs passages. Ils concernaient Elsa Morante, la première femme de Moravia, et Dacia Maraini, qui lui avait succédé. La journaliste s'y était opposée, arguant du refus de Moravia lui-même. Taro était parti pour Rome : sa mission consistait à convaincre Moravia de réintroduire dans son livre les passages que la journaliste avait supprimés.

« Je suis arrivé chez lui, un appartement en plein centre de Rome. Il y avait dix personnes autour de lui, et le téléphone sonnait sans discontinuer. Des étudiants, des journalistes, des politiques… On lui demandait son avis sur tout : les Brigades rouges, la construction de l'Europe, Pinochet au Chili, Fidel… Chaque fois, il répondait avec beaucoup d'intelligence. C'était une ruche chez lui, et une ruche en lui. J'ai passé la journée à Rome. Il a tout accepté de ce que je lui proposais. J'ai repris l'avion le soir, et j'ai intégré les passages que la journaliste avait caviardés. »

D'un doigt discret, il montra la femme assise à Kajanef :

« La journaliste, c'était elle.

— Et le livre ?

— Le livre s'appelait *Le roi est nu* », répondit Taro.

La première fois que je l'ai vu, c'était à Clairefontaine, lut Taro. Un jour de février, sous le soleil. Je m'étais arrêté devant la maison de surveillance, à quelques mètres du portail en bois. Un gardien faisait les cent pas, armé d'un talkie-walkie. Je lui avais demandé s'il pouvait s'assurer que M. Z était bien là. Il avait parlé dans son talkie puis s'était approché et m'avait répondu :

« M. Z n'est pas là. »

Il posa la feuille sur la table en verre, prit la suivante et recommença avec la deuxième version :

La première fois, c'était à Clairefontaine. Un jour de février, sous le soleil. Il avait fallu s'arrêter devant la maison de surveillance, à quelques mètres du portail en bois. Un gardien faisait les cent pas, armé d'un talkie-walkie. Il s'était approché et avait dit :

« M. Z n'est pas là. »

Blanche Nègre écoutait, statufiée devant la fenêtre. Elle rongeait son fume-cigarette. Taro avait accepté de venir chez elle avec les feuillets préparatoires à l'écriture du livre avec Z, retrouvés dans son ordinateur. Depuis que Joyeux l'avait introduit dans le petit bureau, une intuition ne le quittait pas : cette séance enregistrée serait la dernière. L'intuition avait pris naissance dans le parfum de John Wifeman, lourd et envahissant, issu d'une fleur de tubéreuse. Taro venait de le reconnaître.

Il retrouva Z sur le parvis du château, à Clairefontaine :

Il leva la main. Non pas pour me saluer mais pour que je le suive. Lorsqu'il se fut assuré que je l'avais compris, il tourna les talons. Il boitait légèrement.

Il m'attendait à l'intérieur du château, dans un vaste hall refait à neuf. Il me tendit la main.

« Bonjour. »

Taro tourna la page et lut le dernier feuillet de l'exercice :

Il leva la main. Non pas pour saluer mais pour qu'on le suive. Lorsqu'il se fut assuré qu'il avait été compris, il tourna les talons. Il boitait légèrement.

Il attendait à l'intérieur du château, dans un vaste hall refait à neuf. Il tendit la main.

« Bonjour. »

Blanche Nègre ne bougea pas d'un centimètre après que Taro eut achevé sa lecture. Elle n'avait pas écouté. Elle était ailleurs.

Il expliqua cependant qu'au retour de Laval, il avait cherché un point de vue à partir duquel il écrirait une sorte de journal à deux voix avec le footballeur. Il avait rédigé plusieurs versions, employant d'abord le pronom personnel de la première personne du singulier, puis l'éliminant au profit d'un pronom indéfini doublé d'un usage appuyé de l'infinitif. La première manière était plus naturelle. Mais elle souffrait d'un défaut rédhibitoire à ses yeux : sa présence dans les jambes de Z. Le *je* le heurtait. Était-ce parce qu'il se concevait lui-même comme le Noir du Blanc Z ? Qu'il ne se découvrait aucune place acceptable dans la mise en scène recherchée ? L'impudeur de la première personne lui était insupportable. Il y avait renoncé. Il avait décidé d'écrire le livre du point de vue d'un observateur indécelable. Armé d'une caméra suggestive, ce metteur en scène invisible se promènerait à Clairefontaine, à Turin, à Marseille, au Val d'Aoste, partout où Z s'était rendu avant la Coupe du monde et où il irait lui-même afin de reconnaître les lieux et les personnages qu'il ferait entrer dans le champ de l'ouvrage.

Telles étaient les décisions qu'il avait prises après les trois premières rencontres avec Z. Car il avait compris qu'il ne rédigerait pas deux cents pages avec son seul témoignage. Z était comme tous les jeunes Blancs s'attelant, à moins de trente ans, à la rédaction de leurs mémoires. Qu'ont-ils à dire sinon qu'ils sont nés, qu'ils ont grandi, souffert, trébuché, remonté la pente et atteint les sommets d'où, aujourd'hui, ils regardent le monde avec des yeux même plus émerveillés, des yeux de vieux riches bardés d'administrateurs de biens et de fortune, de conseillers en tous genres, de gardes du cœur et autres tiques accrochés au poil ? Le refrain reste toujours le même : ma vie racontée aux enfants. Les couplets, seuls, varient. Ce sont ceux de l'expérience. Les politiques parlent politique, les scientifiques parlent de la science, les footballeurs parlent football.

« Je comprends, fit Blanche Nègre sans le regarder. Je comprends tout à fait. »

Elle émergea de ses pensées comme un crabe zigzaguant dans la vase. Elle mâchait son ébonite en le regardant.

« J'aimerais lire, maintenant.

— Bientôt.

— Combien avez-vous de pages ?

— Deux cent cinquante-quatre.

— Rien qu'avec Z ?

— Z ne représente pas grand-chose dans ce livre : un prétexte, c'est tout.

— Vous m'expliquerez !

— Vous lirez. »

Ils approchaient du terme. Elle commençait à regrouper ses forces pour la fin de la partie. L'un des deux gagnerait, et elle le savait tout autant que lui. Elle sous-estimait sans doute sa détermination : il n'avait pas refusé d'écrire des romans signés par autrui pour devenir le docteur Faust de cette voleuse de pages.

« Vous connaissiez quelque chose au football ? demanda-t-elle.

— Non. Je vous l'ai déjà dit.

— Comment avez-vous fait pour écrire les matches ?

— Je les ai regardés en boucle. »

Il avait acheté un téléviseur, un lecteur de vidéos sophistiqué, les films du Mondial. Il avait installé le matériel à l'étage inférieur de la maison du passage et avait visionné tous les matches joués par l'équipe de France. Il les avait scrutés dix fois, vingt fois, s'attachant à Z en particulier. Il avait grossi les plans, les avait examinés au ralenti, avait fait des arrêts sur image. Il avait étudié les passes, les frappes, les jeux de jambes, les dégagements, les coups francs, les penalties. En attendant d'obtenir un nouveau rendez-vous avec Z, il avait écrit chacun des matches. Il avait laissé des vides là où il comptait insérer des commentaires du meneur de jeu. Il avait soigné minutieusement le style, et s'était bientôt trouvé à la tête d'une trentaine de feuillets dont il était très fier. Le rythme des mots et des phrases, la ponctuation, le balancement des adjectifs, la place des compléments, tout contribuait à rendre sur le papier les espoirs, les attentes, les joies et les déceptions du public – en même temps que les angoisses des joueurs. Taro avait le sentiment d'avoir écrit des pages d'anthologie, mieux que ce qu'il avait inventé jusqu'alors pour tous ceux dont il avait tenté de magnifier les souvenirs. C'était presque de la littérature.

Il avait complété les manques en recourant aux documents dont il disposait. Il avait collecté des informations nouvelles sur Internet, puis, après avoir achevé ce travail préparatoire, il avait attendu un appel téléphonique de Z. Il savait exactement quel ouvrage il lui proposerait : un récit du Mondial qui commencerait quelques jours avant le premier match et s'achèverait le soir de la victoire. Le texte, écrit à la troisième personne, montrerait Z chez lui, chez ses parents, dans sa belle-famille, à Clairefontaine, en Italie, et sur tous les terrains de foot où s'était disputé le tournoi. Les considérations intimes se mêleraient à l'histoire du petit joueur devenu grand et aux commentaires du footballeur jugeant les matches. Le livre compterait environ deux cent cinquante pages et serait achevé avant l'été pour une parution à la rentrée.

Ce qui fut fait.

« Je vous félicite, articula Blanche Nègre en quittant la fenêtre. J'espère que notre livre à nous paraîtra aussi à la rentrée.

— Vous envisagez un prix littéraire ? »

Elle ne répondit pas à la question. Il s'assit de l'autre côté de la table.

« Commençons, dit-elle.

— N'était-ce pas déjà fait ?

— Ce que vous m'avez raconté n'avait aucun intérêt, repartit-elle sèchement.

— Dites plutôt que vous n'avez pas écouté. »

Elle se recula sur son siège, se pencha et brancha le magnétophone placé sur une tablette sous le bureau. Le micro était invisible.

« Avez-vous revu Z ?

— Plusieurs fois. A Paris, à Clairefontaine, deux fois à Turin et une au Val d'Aoste, où son équipe s'entraînait.

— Commençons par Paris.

— La rencontre avait été organisée par Bill Fumagore. Elle s'est déroulée au cours de deux demi-journées dans un hôtel proche de la porte Maillot où Z était descendu incognito. »

Sa venue avait été soigneusement préparée. Bill Fumagore s'était retrouvé chez l'éditeur pour négocier un hélicoptère, une limousine et un palace. L'hélicoptère pour aller de Roissy à Issy-les-Moulineaux, la limousine pour rejoindre le palace depuis l'héliport, le palace pour que Z séjournât à Paris dans les conditions les meilleures. Comme chaque minute du grand sportif valait son pesant de platine, avait argumenté Bill Fumagore, il était souhaitable qu'on ne perdît pas une seconde et que les dispositions fussent prises en conséquence. La limousine devrait être de type américain, dix mètres de long, vitres fumées et salon intérieur, en sorte que Bill Fumagore pût discuter confidentiellement contrats avec Z tandis que Noir préparerait l'interrogatoire auprès du chauffeur, vitre de séparation remontée ; on changerait ensuite, mais on garderait la limousine pour véhiculer Z sans perte de temps.

« OK ? avait questionné Bill Fumagore.

— No », avait fait le DG.

Taro avait proposé une solution beaucoup moins onéreuse et plus facile à mettre en œuvre : le whippet. Elle avait été aussitôt acceptée. Le whippet s'était donc chargé d'aller chercher Z et de le ramener dans un palace proche de la porte Maillot.

Ensuite, Taro avait revu Z à Turin. Puis à Clairefontaine.

« Seuls ? » demanda Blanche Nègre.

Le whippet était venu le chercher.

« Il vous a conduit là-bas ? »

Dans une Citroën Visa délabrée dont la banquette arrière était occupée par quatre enfants entre bas âge et âge moyen, serrés dans la carlingue.

« Qui étaient-ils ?

— Les neveux du whippet. »

Ils portaient tous la tenue bleue de l'équipe de France et le maillot du numéro 10. Leur mère les avait astiqués pour l'occasion : ongles propres et raie médiane. Les costumes étaient flambant neufs. Un bloc était posé sur les genoux de chacun d'eux : les pages vierges sur lesquelles le champion du monde serait invité à déposer sa semence hiéroglyphique.

« Passons sur le whippet et son poulailler, suggéra Blanche Nègre, et arrivons à Clairefontaine. Etes-vous entré plus facilement que la première fois ?

— Le gardien était prévenu. Il nous a laissé passer.

— Z vous a reçu ?

— Oui. Le whippet lui a présenté ses neveux par rang d'âges. Z a signé sur les quatre blocs. Après, la vieille Visa a repris la côte et le whippet s'en est allé.

— Sans vous attendre ? »

Blanche Nègre avait posé la question en souriant avec la même humeur que Taro précédemment : goguenarde.

« Le whippet était furieux parce que sur la route il avait proposé de prendre une double part du fromage, et que je la lui avais refusée. Il voulait obtenir un pourcentage sur les ventes du livre de Z à l'étranger. »

Il avait offert à Taro une commission de 10 % sur les 50 % qu'il espérait prendre à l'éditeur grâce à la bénéfique intervention de son passager.

« Je lui ai expliqué que les éditeurs étaient pourvus d'agents efficaces dans ce domaine. »

Devant ces ternes perspectives, le whippet avait essayé une autre monture : les photos. Il avait offert ses services comme photographe officiel détenteur des droits mondiaux sur les clichés de Z œuvrant à l'écriture de son livre.

« Il rêvait de voir son nom sur la couverture, dit Taro. Il avait apporté un genre d'Instamatic que même les enfants assis à l'arrière auraient su utiliser.

— Vous avez refusé ?

— L'éditeur avait déjà engagé un photographe de *Paris Match*. Et puis j'imaginais mal une photo légendée *droits photos : Whippet*.

— Il vous avait proposé de l'argent ?

— Le même tarif. 10 %.

— Vous l'avez revu ?

— Dix jours avant de remettre le manuscrit définitif à Z. Dans la voiture, le whippet m'avait proposé de relire le texte avant que je le transmette à son auteur. Il m'avait dit qu'il connaissait très bien Z, et qu'il me signalerait les passages qui pourraient le heurter. Il suggérait également de m'accompagner lorsque Z aurait lu pour jouer les intermédiaires entre nous. Il m'avait promis de faire passer toutes les couleuvres. »

Taro lui avait remis le manuscrit en même temps que l'éditeur l'avait fait parvenir à Z. Il n'avait émis aucune critique. Dans l'avion qui les emmenait tous deux vers l'Italie, Whippet avait demandé à Taro s'il l'avait agréablement campé dans le livre.

« Il n'avait pas lu le texte ?!

— Non.

— Il ne vous a donc été d'aucune utilité ?

— D'autant moins que lorsque nous sommes arrivés au Val d'Aoste, où s'entraînait la Juventus, Z lui a demandé de nous laisser. Il voulait être seul avec moi pour parler du texte. »

Le manuscrit lui avait été apporté par l'éditeur lui-même. Trois jours plus tard, il l'avait lu. Et Taro, le whippet en laisse, arrivait au Val d'Aoste pour entendre le verdict.

Comme chaque fois qu'il s'apprêtait à recevoir l'opinion d'un Blanc après lecture, Noir n'était pas très rassuré. Qu'il cosignât le livre ne changeait rien à l'affaire. Il serait jugé sur les pages qu'il avait écrites. Celles-ci renvoyaient au signataire de l'ouvrage une image de lui-même qu'il était en droit de contester. Cette étape ultime signait toujours l'appropriation définitive. Dès lors, les rapports entre Noir et Blanc changeaient. La dernière épreuve consistait parfois en un bras de fer. Il arrivait que Blanc contestât un propos, une exposition de soi jugée risquée, voire dangereuse. Tout en regrettant parfois une suppression qui nuirait à l'intérêt du livre, Noir se soumettait. En cas de litige, il faisait appel à l'éditeur, qui tranchait. Pour tout ce qui touchait à l'écriture ou à la construction du récit, il n'admettait aucune contestation.

« Même si nous signions le livre lui et moi, poursuivit Taro, Z était au centre. Comme les autres. Et autant qu'avec les autres, je pouvais craindre une contestation. »

Blanche Nègre ne fit aucune remarque.

« Lorsqu'elle se passe mal, cette étape d'appropriation laisse émerger les mauvaises fois, les mensonges et les lâchetés qu'on a dissimulés jusque-là. Raconter sa vie, c'est l'embellir. On crâne toujours un peu. Ou alors, on se laisse aller à des confidences intempestives. Sur le papier, il s'agit de remettre les choses à niveau. »

Blanche Nègre mâchouillait son fume-cigarette. Elle se détourna. Revenue à son point de rotation initial, elle demanda :

« Qu'aviez-vous à craindre de Z ? »

Il l'avait mis en scène. Avec son entraîneur, ses enfants, ses parents, sa femme, les autres joueurs. Il l'avait fait parler et penser. Il l'avait raconté de l'intérieur, respectant scrupuleusement ses propos, mais les replaçant dans des situations créées de toutes pièces.

« Pourquoi aurait-il contesté cette mise en scène ?

— Parce qu'elle était fausse ! Possible, mais fausse ! Lorsque je l'emmène avec sa femme dans le parc de Clairefontaine avant la demi-finale et que je les fais parler des vacances et de leurs enfants, il pourrait m'envoyer balader.

— L'a-t-il fait ?

— Non.

— Il a accepté tout le texte ?

— Non. »

Elle eût aimé savoir. Il dit que la première question que lui avait posée Z, lorsqu'ils s'étaient retrouvés seuls dans une salle d'entraînement au Val d'Aoste, avait trait à l'aspect physique du manuscrit. Il ne comprenait pas comment les quelque trois cents feuillets que l'éditeur lui avait apportés se transformeraient en un livre. Taro avait prévu l'interrogation. Dans ses bagages, il avait emporté un faux volume fabriqué spécialement par l'éditeur : un jeu d'épreuves anonymes doté d'une couverture cartonnée représentant Z en photo. Taro avait rédigé un texte de quatrième de couverture.

« Je ne vous ai pas questionné sur l'apparence du livre, mais sur le livre lui-même !

— Il avait tout lu, bien sûr. Il était assez satisfait. Avec un seul problème. Pour lui, un gros problème.

— Lequel ?

— Il ne comprenait rien aux matches de foot tels que je les avais écrits. »

Blanche Nègre afficha un ravissement d'ordre hypnotique :

« Vos morceaux de bravoure prétendument littéraires ?

— Oui.

— Ceux dont vous étiez si fiers et dont vous m'avez parlé avec tant de suffisance ?

— Ceux-là, oui. »

Elle se pencha vers lui et jeta :

« Comme je vous plains ! »

Taro écarta les mains en un geste fataliste.

« Et vous avez accepté son jugement ?

— Quand le plus grand joueur du monde vous dit qu'il ne comprend rien à la façon dont vous l'avez décrit jouant, vous n'avez pas vraiment le choix ! »

Taro avait branché son magnétophone, et avait revisité les matches en compagnie de Z.

« Il n'a rien contesté d'autre ?

— Deux points relatifs à sa vie privée.

— Lesquels ? »

Il secoua la tête.

« Si je les ai supprimés d'un premier livre, ce n'est pas pour les glisser dans un second ! »

Il écarta les bras, singeant un grand regret.

Elle se leva.

« Nous avons fini pour aujourd'hui.

— Et aussi pour demain, dit-il. Ainsi que les jours suivants. »

Il se pencha et ramassa sa besace.

« Il me reste sept chapitres et un épilogue à écrire. Nous n'avons plus besoin de nous voir.

— Quand lirai-je ?

— Après. »

Il s'inclina froidement, tourna les talons et s'en fut. Avant de refermer derrière lui, il huma une dernière fois le parfum dont Blanche Nègre s'était aspergée avant de le recevoir : *Poison*.

Il acheva le livre de Z au début de l'été, comme il l'avait prévu. Il le donna à l'éditeur qui ne fit aucune remarque et l'envoya aussitôt en fabrication. Il reçut les épreuves quinze jours plus tard. Il les corrigea. Le texte lui parut d'assez bonne facture, sans défaut ni qualité majeurs. S'adressant à tous les publics, il souffrirait, aux yeux des connaisseurs, d'un manque de crédibilité qu'un chroniqueur sportif aurait aisément comblé. Les adorateurs de Z n'y découvriraient rien de nouveau. Les amateurs de belles histoires seraient satisfaits. Les enfants pourraient le lire très tôt, et les vieillards très tard.

Pour gonfler les ventes, l'éditeur décida d'adjoindre au volume un cahier-photos. Taro fut chargé de les réunir. Il récupéra une centaine de clichés autorisés auprès de la famille. Après discussion, il fut décidé que Freddy Borgne, Bill Fumagore et le whippet seraient bannis des illustrations. Lesquelles seraient regroupées dans un petit volume à part, vendu avec l'ouvrage principal auquel il serait relié par un plastique enveloppant.

Les attachées de presse se mirent au travail. La demande était considérable. Z, hélas, se montrait très peu disponible. Bill Fumagore proposa de s'entremettre : 10 %.

« Sur quoi ? questionna l'éditeur.

— Sur tout. »

L'éditeur fit la grimace : Bill Fumagore émargeait déjà du côté de Z.

« Un petit bakchich en plus, ça ne fait de mal à personne !

— Combien ? »

Bill Fumagore, qui était certainement un bon agent, demandait un cadeau personnel pour obtenir de Z qu'il accordât une interview, deux cadeaux pour deux interviews, un cadeau supplémentaire pour une séance photo, un gros gros cadeau pour un reportage de *Paris Match* à Turin.

« Pardon ? suffoqua l'éditeur.

— *Match,* c'est quatre cent mille balles pour un reportage.

— Quatre cent mille balles pour qui ?

— Pour Z. Tarif habituel. Com' incluse. »

L'éditeur tenta d'expliquer qu'un reportage sur Z sans livre n'est pas comparable à un reportage sur Z avec livre : dans un cas, on sert le journal ; dans l'autre, on sert le livre. Donc Z.

« D'accord, admit Bill Fumagore. Mais je veux la couverture. Z à Turin, avec sa femme et ses enfants, en pleine page. Plus ma com'. »

Il n'eut qu'un bandeau en couverture. La brouille avec l'hebdomadaire dura trois ans.

L'éditeur téléphona à Taro :

« Ils sont fous. »

Taro approuva.

« D'un autre monde. »

Derechef.

« Dans les librairies, les mômes découpent le plastique recouvrant les livres au cutter, et ils volent l'album photos ! C'est une catastrophe ! »

Taro toucha les cent mille dollars qui lui revenaient encore. En mémoire de son grand-père, il fit une proposition d'achat sur le studio voisin. Lorsqu'il sortit de l'agence, il hésita un quart de seconde, téléphona à Laure, et la rejoignit chez elle.

Il la découvrit plantée devant la télévision. Un homme dont il reconnut aussitôt la voix était l'invité d'un journaliste littéraire. Cet homme était un auteur. Il venait de recevoir le Grand Prix du roman policier pour son dernier (et premier) ouvrage paru. Le journaliste interrogeait le lauréat :

« Vous avez écrit une histoire de crime parfait dont l'assassin est l'auteur. Les pages n'en sont pas empoisonnées ; il ne fait pas office d'objet contondant ; c'est son existence même qui, par une extraordinaire acrobatie littéraire, est meurtrière. Auguste Martin, comment avez-vous fait ? »

Taro regardait, interloqué. Vautré dans un fauteuil planté au milieu d'un décor évoquant un salon littéraire, le médecin luxembourgeois répondait aux questions :

« Je porte cette énigme en moi depuis vingt ans. Elle est une interrogation permanente, pour ne pas dire éternelle. Ce livre est une quête. Mon Graal, en quelque sorte.

— Vingt ans : est-ce le temps qu'il vous a fallu pour vous débarrasser de cette énigme ?

— Oui. En un livre qui m'a énormément coûté. »

Après s'être mouillé l'œil et avoir étanché une douleur fugitive mais profonde d'un geste de la manche, Auguste Martin fixa la caméra. Il étouffait de rauques sanglots :

« J'ai écrit avec mon sang, qui fut celui des miens. Ils m'ont quitté. Ma famille et mes amis. Quinze heures par jour face à moi-même dans la solitude de la page blanche… »

Taro s'excusa auprès de Laure et fonça sur le téléphone. Tout en composant le numéro de Kajanef, il cria :

« Quel mythomane ! Combien de nègres pour lui tout seul ?

— Tu as loupé le meilleur, fit Kajanef… Ils font un film avec son livre.

— Le tien ! C'est TON livre !

— Tu sais qui va réaliser le film ? »

Taro donna sa langue au chat. Qui la prit puis la rendit transformée en hilarité.

« Il faut que je te voie, ajouta Kajanef après qu'ils eurent ri de bon cœur ensemble.

— Quand ?

— Ce soir.

— Nous sommes deux.

— Réserve pour trois. Sauf si le moment est mal choisi.

— Je te la présenterai.

— Il me faut des huîtres.

— Je te rappelle pour te dire où », conclut Taro.

Il raccrocha et revint vers Laure.

« Je vais te raconter une histoire. »

Elle éteignit la télévision.

« Il était une fois un médecin qui voulait à tout prix publier un livre. Grâce aux assauts répétés et successifs de deux techniciens, il atteignit son but. On écrivit pour lui l'histoire d'une arnaque littéraire qu'une maison d'édition publia et qui vient donc d'obtenir le Grand Prix du roman policier.

— Jusque-là, je suis, dit Laure.

— Les droits cinéma furent aussitôt achetés par une boîte de production qui confia la mise en scène à un metteur en scène également animateur d'émissions littéraires. Qui ?

— Un écrivain ?

— Non.

— Un éditeur ?

— Non… Quelqu'un qui a beaucoup fait pour les livres. »

Elle proposa trois noms. Il secoua la tête. Elle réfléchit et en ajouta un quatrième. Ce n'était pas lui. Elle chercha encore. Soudain, elle sourit et s'écria :

« Je sais ! »

Elle se tourna vers lui et, délicatement, au creux de son oreille, comme une cédille embrassant un *c* minuscule, elle lui dit le nom.

Ils dînèrent à la Closerie des Lilas. Kajanef venait d'arriver. Il était exsangue et d'une pâleur affolante. Taro et lui se fuyaient du regard : seule façon d'éviter l'essentiel. Ils ne pensaient qu'à cela. Ils parlèrent de tout autre chose.

Kajanef plaisait à Laure. Et réciproquement. Il posait sur elle un regard assuré, moins charmeur que transparent : l'œil froid des libertins, dont il avait si souvent parlé à Taro.

« Le jeu avec le fonctionnaire se complique », dit-il après avoir commandé les huîtres rituelles.

Il désigna Laure et, s'adressant à Taro :

« Elle sait ?

— Tout. »

Il sourit.

« Le haut fonctionnaire refuse le texte. »

Cela arrivait parfois. Sans jamais durer très longtemps.

« Museau m'a demandé d'aller le voir. Je dois le persuader de publier. »

Kajanef délaissa ses huîtres et posa la main sur celle de son camarade.

« Tu vas prendre ma place.

— Ah ! fit Taro.

— Je vois deux avantages à cette usurpation qui, nous sommes les seuls à le savoir, n'en est pas une : tu lui poseras toutes les questions que tu veux sur le Liban, et cela m'épargnera une hypocrisie dont je n'ai plus rien à faire.

— Je ne comprends pas, douta Taro.

— Il ne nous connaît ni l'un ni l'autre, et Museau n'assistera pas à l'entretien. Tu t'appelles donc Marc Kajanef, tu as lu le livre, tu le trouves admirable, tu le convaincs de publier... »

Ils firent plusieurs fois le tour de la machination jusqu'à ce qu'elle leur parût jouable. Taro irait. L'ayant dit, il remarqua comme un soulagement chez Kajanef. Il n'en comprit pas la raison.

L'instant d'après, son ami leur parlait du *Testament d'Heigenstadt,* rédigé par Beethoven à l'attention de ses deux frères.

« Il dit que seul son art l'a sauvé du malheur. Sans lui, il se serait suicidé.

— C'est la lettre d'un paranoïaque soucieux de se réhabiliter aux yeux du monde », objecta Laure.

L'œil jaune de Kajanef s'alluma : il appréciait l'offensive.

« Connaissez-vous ses derniers Quatuors ?

— Non, fit Laure.

— Oui, fit Taro.

— La sonate *Hammerklavier* ? »

Les réponses furent les mêmes.

« Ce sont des œuvres intérieures très puissantes. Les dernières de Beethoven. Elles le donnent pour ce qu'il est : un homme qui se bat et qui souffre.

— Parce qu'il est sourd.

— Pas seulement. »

Kajanef se tourna vers Taro :

« Te souviens-tu de *L'Art de la fugue* que tu as entendue un jour chez moi ? C'est aussi une œuvre testamentaire. Beethoven est mort sourd, et Bach aveugle.

— Quelle est la dernière création de Mozart ? demanda Laure.

— Le *Requiem.* Il est mort avant de l'achever. »

Kajanef parla longuement des derniers opus des musiciens qu'il aimait. Taro comprenait que cet intérêt croisait un destin qui lui parut scellé. Il ne chercha pas à contrarier le cours de la conversation. Et vint un moment où la richesse du locuteur emporta les digues malheureuses. Tous finirent par oublier l'*Actus tragicus.* Taro s'abandonna au vertige. Il aimait que son ami reprît le dessus. Quand ils s'étaient connus, en tous domaines, l'aîné dominait le cadet. Depuis quelque temps, l'équilibre s'était inversé. Taro avait désormais le sentiment de protéger un vieil adulte frêle comme un enfant. Il n'appréciait pas ce rôle. Il le fragilisait lui-même.

« Ton ami est malade », commenta Laure lorsqu'ils eurent mis Kajanef dans un taxi.

Taro ne répondit pas.

« Il est pâle, maigre, et il mange des huîtres.

— Il ne prend plus que cela, reconnut Taro.

— Trois mois avant de mourir, mon père n'avalait que des fruits de mer. »

Ils avaient dépassé Port-Royal. Le boulevard filait vers les Gobelins, noir et rectiligne. Une image vint à l'esprit de Taro : Malraux avait séduit Clara en la défendant contre trois marlous qui les menaçaient alors qu'ils marchaient dans la nuit sur le même boulevard.

« Il était armé, les autres aussi, il fut blessé, elle le soigna, ils couchèrent ensemble pendant quinze ans. »

Elle lui prit le bras.

« C'est une déclaration d'amour ?

— Sans excès. Pour ce soir et quelques autres. »

Il était triste. Il parlait pour ne pas penser.

« Ton ami ne veut rien dire ?

— Cela se voit assez pour qu'il se taise. Il détcste les redondances. »

Ils tournèrent dans la rue Broca. Sans s'être concertés, ils marchaient vers la Butte aux Cailles. Taro, cette nuit-là, se sentait incapable de monter au quatrième étage de la maison du passage.

Il dit qu'il ne connaissait pas meilleure plume que celle de Kajanef.

« Il peut tout écrire, et sur n'importe quoi. Son

style est toujours d'une extrême précision. Très concis, comme Bach dans ses fugues.

— Pudique, surtout », objecta Laure.

Taro dit que si Kajanef devait parler de lui-même, il se contenterait de trois mots :

« *Je suis malade.* »

Après quoi, il changerait de sujet.

« Ce qu'il a fait ce soir.

— Il n'a pas prononcé ces trois mots.

— Ils étaient sur son visage. »

Ils parvinrent sur le boulevard Arago. Les arbres bruissaient comme une lourde vague. Au loin, planté sur son socle, le lion de Belfort surveillait Denfert. Laure dit qu'elle détestait cette partie de Paris.

« Sauf les noms, releva Taro : Arago, Blanqui…

— Mais les Gobelins sont proches, et Austerlitz pas très loin.

— L'Empire, la royauté et la République.

— Je préfère la Butte aux Cailles. A cause de la Commune.

— J'aime la Commune, mais pas les pétroleuses », nota Taro.

Il regarda le ciel et ajouta :

« Dans un quart d'heure, il pleut.

— Dix minutes. »

Ils se donnèrent la main et coururent dans la rue Corvisart. La tempête les saisit dans les ruelles attaquées sabre au clair par les Versaillais cent quarante ans plus tôt. Ils filèrent, délogés par les chassepots de l'orage. Une pensée effleura Taro : la Monarchie avait le Louvre et les Invalides, L'Empire, l'Arc de Triomphe et la Colonne Vendôme, l'Eglise, Notre-Dame et ses sœurs. La Révolution française était seule et abandonnée.

Taro avait voyagé d'un numéro de téléphone à un autre, d'une première adresse à une seconde, pour se retrouver finalement au seuil d'un hôtel particulier du IXe arrondissement. Trois limousines noires aux vitres obscurcies stationnaient devant un escalier de pierre qui débouchait sur une allée gravillonnée. Un gazon entretenu à la pince à épiler accueillait le visiteur avec un sourire de roses roses, deux évadées de Pierre de Ronsard qui escaladaient souplement la façade.

Taro débrancha le mouvement lent de la sonate *Hammerklavier,* rangea son matériel au fond de ses poches et gravit les marches conduisant à l'entrée. Il se déporta sur la droite pour laisser passer un quidam en bleu marine qui le suivait d'un peu trop près, et se présenta devant un desk gardé par une jeune cerbère. Elle souriait au téléphone. Taro promena son regard alentour. Des boiseries ceinturaient les murs jusqu'à mi-hauteur, relayées par un vert bouteille s'éclaircissant au sommet. Un escalier massif doté d'une rampe sculptée dans le bois s'imposait à l'angle de l'entrée. Taro ignorait absolument dans quel genre d'endroit il se trouvait, et quel genre de personnage il allait rencontrer. Kajanef lui avait donné un numéro transmis par Museau, ce numéro l'avait renvoyé sur une boîte vocale où il avait aimablement déposé un message, auquel il avait été répondu aussitôt après qu'il eut raccroché. Une voix impersonnelle lui avait donné rendez-vous ce jour, en ce lieu dépourvu de raison sociale apparente. Un château bavarois plutôt qu'une officine diplomatique.

La jeune fille raccrocha puis lui sourit. Taro ignorait le nom de son interlocuteur. Celui-ci lui avait dit : « Vous me demandez.

— Qui ?

— Moi. »

La communication s'était close sur un clapet de téléphone portable sèchement refermé. Taro avait appelé Kajanef. Lequel ignorait le nom du haut fonctionnaire. Museau n'en savait pas davantage – ou ne voulait pas en dire plus.

Ce que tenta d'expliquer Taro à la jeune personne du standard qui, en fait de standard, se trouvait à la tête d'une batterie de téléphones portables soigneusement alignés devant elle.

« Votre nom ? demanda-t-elle.

— Marc Kajanef.

— Vous souvenez-vous des propos exacts de la personne à qui vous avez parlé au téléphone ? »

Un peu surpris, Taro répéta : « Vous me demandez. » « Qui ? » « Moi. »

« Merci », répondit la jeune fille.

Elle appuya sur le bouton d'un interphone dissimulé sous le desk et dit :

« Kajanef, pour Moi. »

Elle relâcha la prise en même temps que la pression, tendit la main, paume offerte, à Marc Kajanef, et lui demanda son téléphone. Il la dévisagea, interdit.

« J'ai besoin de la batterie de votre portable. Une précaution contre les écoutes. »

Kajanef lui tendit l'appareil. La jeune personne opéra en deux mouvements rapides et adroits : dix secondes plus tard, le téléphone allégé se retrouvait entre les mains de Taro.

« Vous la récupérerez à la fin de votre entretien. »

La cerbère montra l'escalier.

« Premier étage, porte face. »

L'instant d'après, Taro grimpait l'escalier majestueux qui le conduisit sans heurts jusqu'à une salle de réunion dotée d'une table circulaire, de vingt chaises, et d'un battant capitonné qui se referma sur lui après qu'il fut entré.

La pièce était dépourvue de fenêtres. La lumière provenait de plusieurs spots encastrés dans le plafond. Parmi eux, Kajanef aperçut l'œil froid d'une caméra. Il supposa qu'on l'observait d'ailleurs. Désireux de faire bonne figure, il afficha un sourire insouciant, glissa ses mains dans ses poches, et entreprit de siffloter *Widow of a living man,* de Ben Harper.

Moi vint. C'était un petit homme dégarni, avec des petites mains, des petits pieds, des grandes oreilles. Il était entré sans bruit et observait son visiteur avec une impassibilité de statue. Il portait un blouson en coton beige, un polo de même couleur, des poils en sautoir accrochés à un saint Christophe doré. Une gourmette et une montre bourrée d'aiguilles parachevaient l'œuvre.

Moi avait dans les soixante ans, pesait dans les soixante kilos et mesurait dans les un mètre soixante.

Il inclina vigoureusement le chef. A quoi son visiteur répondit par un signe comparable, agrémenté d'une réplique proférée à voix basse :

« Marc Kajanef.

— Je ne me nommerai pas, vous comprenez pourquoi.

— Je comprends pourquoi », confirma Taro Kajanef, qui ne comprenait pas pourquoi.

Ils restèrent debout l'un en face de l'autre, puis l'autre indiqua à l'un un siège libre parmi les vingt regroupés autour de la table. Taro Kajanef prit place.

« Je suis venu pour votre livre », déclara-t-il, abattant son jeu sans fard.

Moi opina du chef.

« Il paraît que vous ne voulez pas le publier. »

Moi opina du chef.

« Si ? »

Moi secoua la tête.

« Pouvez-vous me donner les raisons de votre opposition ? »

Moi opina du chef. Taro Kajanef attendit. Il s'imaginait à la place de Museau, et comprenait pourquoi les entretiens lui étaient arrivés si fragmentés.

« Ce livre ne vous plaît pas ? »

Moi secoua la tête.

« Vous le trouvez mal rédigé ? Vous pensez que votre coauteur n'a pas su traduire votre pensée ? »

Moi secoua la tête.

« Alors ?

— C'est très difficile à dire », murmura Moi.

Il avait une toute petite voix.

« Voulez-vous que je vous aide ? »

Moi opina du chef.

« J'ai lu votre livre, commença Taro Kajanef, et je l'ai trouvé remarquable. »

Moi le considérait sans osciller d'un souffle. Ses paupières ne cillaient pas.

« Absolument remarquable. Votre éditeur m'a envoyé auprès de vous pour que je vous donne mon avis sur ce travail. J'ai rarement lu un livre aussi passionnant sur les sujets que vous abordez. Il y a des informations, voire des révélations, un ton, une écriture rythmée qui prennent le lecteur à la gorge et ne le lâchent plus, comme si vous l'étrangliez, comme si vous l'embrassiez, comme si… Comme s'il était vous. En osmose parfaite avec l'homme qui parle… »

Taro Kajanef se surpassait.

« … L'homme qui écrit, ce diplomate qu'on appelle injurieusement *fonctionnaire,* et qui apparaît, dans vos pages, comme le héros des affaires modernes, la main gantée de nos démocraties, dont le souffle nous retient, nous inspire, nous conduit à tourner les pages comme ces traités d'alliance et de paix que vous avez si souvent signés pour notre pays, notre si grand et si beau pays dont vous vous montrez, à travers cette écriture fluide qui traduit une souplesse comparable de votre pensée, le plus ardent des plénipotentiaires, le plus habile, le plus… »

Moi secoua la tête. Taro Kajanef s'interrompit.

« Ce n'est pas cela ? »

Moi secoua la tête. Il grogna d'une toute petite toux, et demanda d'une toute petite voix :

« Quels sont vos états de service ? »

Taro Kajanef partit d'un grand rire faux.

« Mais je ne suis pas militaire, voyons ! »

Moi opina du chef :

« Moi si.

— Je vous croyais fonctionnaire ?

— Vos états de service ? » s'enquit de nouveau Moi.

Ses petites lèvres dissimulaient mal une petite impatience.

« J'écris pour les autres. Je lis et j'apprécie les textes qui posent quelques problèmes aux éditeurs. »

Moi opina du chef.

« Vous avez écrit pour qui ?

— C'est secret.

— Je comprends », comprit Moi.

Il replia ses petites mains en direction du rebord de la table, ramassa ses petits pieds pour les aider à supporter ses petites jambes qu'il s'apprêtait à élever pour diriger sa petite personne vers la porte après avoir pris congé lorsque, foudroyé par une illumination soudaine, Taro Kajanef claqua des doigts et lança :

« J'ai écrit un livre avec Z ! »

Sur quoi, Moi ouvrit ses petites mains, déplia ses petites jambes, tendit ses petits pieds et posa une grande question :

« Z ?

— Oui.

— Vous l'avez rencontré ?

— Oui.

— Il est de vos amis ? »

A l'expression enchantée du petit homme, Taro discerna une piste qui s'ouvrait peut-être devant lui. Il s'y précipita :

« Un grand ami.

— Vous le connaissez depuis longtemps ?

— Gamins, nous jouions ensemble au foot dans les quartiers nord de Marseille. »

La piste serpentait entre les bulles d'une bande dessinée tracée sans finesse. Taro décida de s'amuser en s'autorisant cette incartade aux règles les plus élémentaires d'un scénario bien construit.

« Dites-m'en davantage !

— Après.

— Après quoi ?

— Lorsque vous m'aurez dit pourquoi vous vous opposez à la publication de votre livre. »

Moi haussa les épaules et les maintint un instant près du cou.

« Je ne m'y oppose pas vraiment, mais j'ai des craintes.

— Lesquelles ?

— Je ne souhaite pas qu'on me reconnaisse.

— Pouvez-vous m'en dire plus ? »

Un long temps passa, puis Moi opina du chef.

« Je ne suis pas diplomate, et pas vraiment fonctionnaire non plus. »

Taro Kajanef l'aurait parié.

« Je vais vous dire la vérité. Votre éditeur lui-même l'ignore. Seules les personnes qui nous ont mises en contact savent qui je suis. Et vous, désormais. »

Moi chercha le regard de Taro Kajanef. Il le trouva, le jugea clair et franc, et ajouta :

« Je vais vous le dire car vous connaissez Z. Et Z, un jour, m'a sauvé la vie. J'ai une dette envers lui. Je la rembourse en vous faisant cette confidence. »

Il baissa encore sa petite voix.

« Je suis agent secret. »

Il se grandit sur son petit derrière et précisa :

« Ou plutôt, je l'ai été. Aujourd'hui, je suis en disponibilité. Je connais tous les secrets des affaires dont je parle dans notre livre. »

Il avait dit *notre.* Taro Kajanef saurait le convaincre de publier l'ouvrage.

« Je vous aiderai à masquer les indices par lesquels vous pourriez être identifié, promit-il. Mais je voudrais vous poser quelques questions. Certains points mériteraient d'être éclaircis. »

Moi opina du chef.

« Surtout s'il faut vous masquer après. »

Taro Kajanef sortit son Sony XP 453, vérifia l'état des piles et, alors qu'il enclenchait les deux touches *play* et *record,* résonna dans la salle de réunion ce petit bruit caractéristique qu'il reconnaissait toujours entre mille autres.

— Avez-vous été impliqué de près ou de loin dans les événements du Liban, entre 1985 et 1988 ?

— Vous voulez parler des otages français ?

— Oui.

— Lorsqu'ils ont été enlevés, j'étais chef d'antenne des services secrets français à Beyrouth.

— Vous avez donc suivi toute l'affaire ? Des prises d'otages aux libérations ?

— Nous ne les avons pas libérés, même si nous avons fourni une partie de l'infrastructure nécessaire. La libération des otages a été gérée et contrôlée par le ministre de l'Intérieur de l'époque, Charles Pasqua, qui a fait agir des réseaux indépendants des nôtres. En clair, ce ne sont pas les services français qui ont libéré nos compatriotes.

— Auriez-vous pu le faire ?

— Oui. Nous aurions pu agir comme les Syriens et les Russes. En 84 ou 85, trois officiers syriens ont été enlevés au Liban. Damas a répliqué en enlevant une centaine d'hommes du Hezbollah et en menaçant de les exécuter les uns après les autres si les officiers n'étaient pas libérés. Ça a pris une demi-heure...

— Et les Russes ?

— Ils ont frappé encore plus fort. Eux aussi ont pris des otages. Ils les ont tous descendus et ont annoncé qu'ils en reprendraient d'autres et les exécuteraient de la même manière si les leurs n'étaient pas libérés.

— Et la France ?

— Nous aurions pu intervenir deux fois. La première, c'est quand Michel Seurat est rentré chez lui.

— Lorsqu'il était otage ?!

— Oui. Trois mois après avoir été enlevé, il est revenu chez lui. Pendant deux heures, pas plus.

C'est sa femme qui avait obtenu cette faveur très particulière d'un type qu'elle connaissait et qui était en liaison avec les ravisseurs. Un truc incroyable. Seurat est arrivé dans la nuit. Il y a d'abord eu une première voiture qui s'est arrêtée devant leur maison. Marie Seurat s'est approchée. Un homme est descendu, et la voiture est repartie. Ils sont montés. Ensuite, une deuxième auto est arrivée. Elle roulait très lentement. Il y avait trois hommes à bord : le chauffeur, Michel Seurat et celui qui le gardait. La voiture s'est arrêtée là où la première avait stoppé. Michel Seurat est descendu, escorté par l'autre. Il portait un T-shirt orange. Il était barbu. Il est monté. Je ne sais pas ce qui s'est passé là-haut. Ce que je peux vous dire, c'est que deux heures plus tard, il est reparti. Sa femme l'accompagnait. Ils se sont embrassés à l'entrée de l'immeuble. Puis Michel Seurat est remonté dans la voiture et on ne l'a plus revu. Plus jamais.

— Comment saviez-vous que Michel Seurat allait venir chez lui ?

— Nos services l'avaient appris par l'ambassadeur de France. Nous n'avons rien tenté car nous n'avons pas obtenu les autorisations nécessaires. Une opération aurait menacé la vie des autres otages. Mais nous étions en bas, prêts et surarmés.

— Qui était habilité à donner les autorisations ?

— Pour les opérations arma ou homo, c'est-à-dire en cas de destruction de matériel ou d'attaque sur une cible humaine avec possibilité d'assassinat, il faut l'accord de la présidence de la République.

— Vous ne l'avez pas obtenu ?

— Non.

— A quelle autre occasion étiez-vous prêts à intervenir pour libérer les otages ?

— Je ne me souviens plus exactement de l'année. 86 ou 87... Certains otages étaient regroupés dans des appartements où vivaient aussi des civils. Grâce à quelques complicités d'hommes et de femmes que nous avions pu envoyer dans les étages, nous savions exactement où ils se trouvaient. J'avais placé des agents en bas de l'immeuble, dans une petite baraque de falafels. Ils se faisaient passer pour des vendeurs. Nous avions prévu d'attaquer avec l'appui des milices chrétiennes. Il y aurait eu une panne de courant sur le secteur pour faciliter l'opération. Nous avions obtenu l'aide des Syriens : ils étaient d'accord pour faire diversion en bombardant le quartier.

— Avez-vous eu connaissance de l'enlèvement d'un médecin juif à Beyrouth en 84 ou 85 ?

— Il y a eu plusieurs juifs. L'un d'eux s'appelait Elie Hallak. Il était médecin et président de la communauté juive du Liban.

— Connaissez-vous le nom des autres ?

— Non. Je peux seulement vous dire qu'aucun d'eux n'a été libéré.

— Vous voulez dire qu'ils sont morts ?

— Oui. Tous.

Enfermé, enchaîné, défait depuis plus d'une année, survivant grâce à des nomenclatures médicales sans cesse répétées, des ouvrages appris par cœur, des jeux grammaticaux muets, Gad avait également appris les échecs à ses deux fils. Ils jouaient aussi bien que lui. Les parties se prolongeaient inlassablement, ponctuées par des cris et des rires étouffés. Elles se déroulaient dans des espaces incertains, plages ou terrains vagues, parfois sans décors, car les paysages de jadis s'étaient estompés. Ils étaient comme des lavis. Les personnes s'y détachaient, semblables à des figurines sur fond blanc. Les voix perdaient de leur singularité. Les gestes demeuraient, cruels, devenus sans réconfort. La vie quotidienne que Gad et ses codétenus percevaient au-delà des murs de l'appartement dans lequel ils étaient enfermés les plongeait dans des souvenirs immenses et douloureux dont ils ne parlaient pas. Ils les gardaient pour soi, hurlant muettement chaque fois qu'un bruit ou une parole les projetaient dans un univers ancien dont ils essayaient de se défaire en fermant les yeux, en se bouchant les oreilles, en reprenant des jeux silencieux vaguement salvateurs.

Ils avaient une radio. Les geôliers l'avaient déposée au centre de la pièce. Ils l'allumaient le matin et l'éteignaient le soir. Enchaînés, les prisonniers ne pouvaient choisir les programmes. Gad traduisait les informations de l'arabe à l'anglais. Il les commentait ensuite avec les trois Américains qui partageaient ses chaînes. Les nouvelles du monde les sortaient des replis intérieurs. Elles leur offraient des ouvertures, comme des routes différentes qu'ils suivaient en parlant des paysages. Ceux-ci, bien que sinistres, avaient au moins des couleurs. Souvent, c'étaient celles du sang. Ils apprirent Tchernobyl, les attentats en France, l'assassinat d'Olof Palme. Quand le journaliste d'Antenne 2, Aurel Cornéa, fut libéré, ils espérèrent un peu. Cela dura tout l'hiver, puis le printemps. Quand l'été revint, ils crevèrent de chaud. Tels des chiens, ils tiraient sur leurs chaînes pour s'approcher de la porte et renifler un filet d'air frais.

Gad écrivit à Anna :

Dans le couloir, souvent, passe une femme dont je n'ai jamais vu le visage. Au fil des mois, cette femme a pris tes couleurs, tes habitudes, tes vêtements, elle est devenue toi, je l'attends comme j'attendais ma mère ou comme, j'imagine, nos garçons t'attendent quand tu passes dans le couloir de leur vie. Ils sont dans l'obscurité. Ils voudraient que tu les sauves de cette solitude angoissante qui précède le sommeil et que seul l'âge transforme plus tard en douceur. Je suis tout à la fois devenu ce petit garçon qu'on assassinera un jour, et mon père, à la veille de sa propre mort. Je le croise désormais chaque jour dans le verre ébréché d'un mur lépreux.

Gad plia la feuille en quatre et la donna, le soir, au gardien qui veillait à la tension des chaînes et au renouvellement des cauchemars. Celui-ci en fit une boulette qu'il jeta par la fenêtre. La boulette atterrit aux pieds d'une femme qui sortait précisément de l'immeuble. Cette femme était vêtue de noir. Elle s'était promenée dans les étages, épiant les portes, les mouvements, les personnes. Elle avait été recrutée quelques jours plus tôt par un petit homme qui portait un blouson en coton beige, un polo de même couleur, des poils en sautoir accrochés à un saint Christophe doré. Elle l'avait rencontré à l'ambassade de France, un jour où elle avait demandé audience à l'ambassadeur dans l'espoir qu'il accepterait de lier le sort de son mari à celui des otages français. Le diplomate l'avait renvoyée sur le chef d'antenne de la DGSE. Moi avait demandé son aide à Anna. La mission était sans danger : il s'agissait seulement d'observer les allées et venues des habitants de l'immeuble et de noter les indices éventuels permettant de loger les otages.

Anna s'était rendue six fois dans l'immeuble. La septième, sans remarquer la boulette de papier que son pied droit enfonça dans la terre, elle marcha vers une cahute de falafels plantée sur le trottoir, en face de l'entrée du bâtiment. La jeune femme apparut puis grandit dans l'œilleton d'une paire de jumelles tenue par un agent français dissimulé sous un kamis. Elle se présenta au comptoir, acheta un thé à la menthe, et dit à l'agent français que l'appartement situé au dernier étage, à droite en montant l'escalier, se distinguait des autres par une porte en fer non peinte, sans doute récente et peut-être blindée. L'homme acquiesça sans ouvrir la bouche. Anna dit qu'elle reviendrait le lendemain.

Elle tourna les talons et disparut dans la foule.

L'agent français abandonna la cahute de falafels aux soins de deux collègues arrivés de Paris l'avant-veille. Ces derniers portaient eux aussi des tenues traditionnelles, de même que les douze guetteurs dispersés aux abords immédiats de l'immeuble. Tous étaient armés.

L'agent français disparut sous un porche. Il réapparut dans une autre ruelle. Il avait changé son kamis contre une tenue occidentale. Il monta dans une 604 blindée qui démarra aussitôt. La voiture longea le front de mer puis obliqua vers le centre, en direction de la rue de Damas. Elle ralentit à l'entrée de l'ambassade de France, franchit les chicanes à petite vitesse et s'arrêta devant une porte gardée par deux gendarmes en uniforme.

L'agent français pénétra dans le bâtiment de l'ambassade, protégé comme un bunker. Moi l'attendait dans le bureau des attachés culturels : c'était sa couverture. Les deux hommes s'éloignèrent dans le couloir. L'agent français dit que les otages se trouvaient sans doute au dernier niveau de l'immeuble, à droite en montant l'escalier. Moi répondit qu'ils attaqueraient le lendemain. Une panne de courant était d'ores et déjà programmée. Les milices chrétiennes appuieraient l'unité d'élite française. L'armée syrienne bombarderait pour faire diversion.

Il ne restait plus qu'à attendre.

« Attendre quoi ? demanda l'agent français.

— Le feu vert de Paris », répondit Moi.

Quand il en fut là, Taro déposa son Parker. Il ne voulait pas aller trop vite. Prolonger encore la vie de Gad. Une nuit, un jour, une nuit encore.

L'aube pâlissait. Taro n'avait pas sommeil. Il savait très exactement quelles écritures l'occuperaient dans les heures qui viendraient. Les multiples encriers allaient se rejoindre sur les mêmes pages. Un livre. Le sien. Enfin.

Il avait estimé que deux chapitres seraient nécessaires pour terminer le roman. La plupart des destins évoqués au cours des deux cent quatre-vingt-treize premières pages avaient trouvé un sens : Auguste Martin avait obtenu un prix littéraire et C du B sa préface, Freddy Borgne avait laissé la place à Bill Fumagore qui avait à son tour cédé la sienne au whippet, Z avait mis un terme à sa carrière, Moi et Monsieur Museau signeraient ensemble le livre de quelques forfaitures, Orson publierait de nouveaux auteurs, Vétiver, Eau Sauvage et d'autres merveilleux parfums pâliraient un peu plus dans la mémoire d'un Noir solitaire se préparant à devenir un Blanc conjugal.

Les dernières pages allaient recouvrir Gad et Anna comme un linceul de Vergé clair, Blanche Nègre, Joyeux et Coco Mademoiselle comme une encre noire. Claude Vizir, né au hasard sous une plume légère, avait trouvé une raison d'exister.

Hélas, la force des circonstances imposa un chapitre supplémentaire. Celui-ci se présenta sous la forme d'un appel téléphonique qui poignarda Taro au creux du ventre et remonta immédiatement jusqu'au cœur. Kajanef n'appelait pas lui-même. Il avait laissé ce soin à une infirmière de la clinique Bachaumont.

Taro s'en fut aussitôt.

Marc l'attendait. Il n'attendait même que lui. Ses enfants étaient déjà passés. Il était exsangue, ravagé, étendu sur un lit blanc. Un corps à l'os.

Il dit :

« Je suis malade. »

Il montra un dossier posé sur le drap et souffla :

« C'est pour toi. »

Sa pupille vacilla. Il ajouta :

« Beethoven. S'il te plaît, finis-le. »

Il ferma les yeux.

Taro resta jusqu'à l'aube.

Il tint la main de Marc dans la sienne, toute la nuit, la serrant doucement, comme une larme.

Ils partirent ensemble.

Le manuscrit comptait cent quarante-trois pages rédigées et quatre cents feuillets serrés contenant des notes biographiques et musicologiques. Taro déposa le dossier sur la table du troisième étage : son prochain travail.

Il relut le petit mot que Marc Kajanef avait joint au dossier :

Mon ami frère et camarade,

Je te laisse achever ce livre qui m'aura presque vu naître et me verra mourir. Un peu avant, je me suis occupé de toi. Seul, je n'aurais pas accepté Auguste Martin, et donc le diplomate. Je l'ai fait dans le seul but d'échanger avec toi. La manipulation visait à te faire rencontrer l'homme du Liban pour que, avant le mien, tu finisses ton livre.
Alors fais-le, enfin.

Taro dîna seul dans le restaurant du faubourg Saint-Antoine où Marc et lui étaient venus en même temps que la journaliste qui avait interviewé Alberto Moravia pour ce livre que Gad avait appris par cœur. Taro s'était muni de la biographie de Johann Sebastian Bach écrite longtemps auparavant par Marc Kajanef (1981, éditions Mazarine). Il aligna les verres de bordeaux en tournant les pages, tant et si bien qu'il obtint le résultat escompté : c'était comme s'il était assis en face de son ami frère et camarade. Lisant les phrases du livre, il entendait Kajanef les prononcer. Il disait :

« D'où sort ce *Jean-Sébastien* utilisé même par de sourcilleux musicologues ? A-t-on jamais parlé d'Antoine Vivaldi, de Jean Brahms, de François Schubert ou d'Amédée Mozart ? »

Et Taro le voyait presque, l'œil jaune, les joues creuses, les lèvres tendues à la Lucky Luke, riant et pétillant.

Il tourna la dernière page en même temps qu'il achevait son treizième verre. Il était triste à mourir. Comme l'*Adagio quasi un poco andante* du Quatorzième Quatuor. Il sortit un carnet de sa poche et, sur une double page, écrivit *Marc Kajanef.* Il chercha des anagrammes. Il en trouva plusieurs. Deux le satisfaisaient : *Franck* et *Ajame.* Il les nota. Il commanda un dernier verre et joua avec les lettres de ces deux noms. Il les mêla à d'autres et inventa *Artur Finnvack.* D'après quoi, il ressortit deux nouveaux noms : *Franck* et *Vautrin*. Enfin, il distribua les trois lettres de *Gad.* Il ne découvrit aucune anagramme. En jouant sur une lettre, il obtint *Dag,* prénom nordique issu de *Dagmar,* puis *Dan,* issu de

Daniel, *Dieu est mon juge* en hébreu. Il accola noms et prénoms, en choisit deux qu'il inscrivit sur une feuille de calepin pliée en quatre. Il la glissa dans son portefeuille.

Il paya.

Il sortit.

Il coiffa son casque, choisit *Le Chœur des anges* de la cantate BWV 106, *Actus Tragicus,* sur son baladeur, et s'en fut à pied et titubant du côté de la Butte aux Cailles.

Laure dormait. Il se cogna dans les cartons jusqu'à la salle de bains. Le visage de son père lui apparut dans la glace accrochée au-dessus du lavabo. Son père, son grand-père et lui-même. Trois regards semblables, sombres, tristes et mouillés. Taro les salua d'un poing fermé. Son grand-père s'enfonça dans des profondeurs immatérielles, mais son père resta là, affleurant. « Lorsque tu reconnais ton père en toi, dans le regard ou dans une expression, c'est que tu as commencé de vieillir », avait dit Marc un jour.

Le lendemain, Taro aurait quarante ans.

Le jour de ses quarante ans, il s'éveilla dans le lit de Laure. Les rideaux étaient tirés. Les cartons dessinaient des échafaudages instables contre les murs.

Il la rejoignit sous la douche. Il lui demanda si elle avait trouvé un nouvel appartement. Elle répondit que non. Taro augmenta la pression de l'eau.

« Nous sommes dehors, toi et moi, et il pleut à verse, dit-il. Où allons-nous ?

— A l'hôtel.

— Non. L'hôtel, c'est pour le zip. Nous n'en sommes plus là. »

Il la maintint contre elle et augmenta l'eau froide.

« C'est une pluie d'hiver. Il fait très froid. Il faut décider vite.

— Mais je n'ai plus de maison ! s'écria-t-elle.

— Alors nous allons chez moi. »

Il rétablit une douche printanière.

« Bientôt, j'écrirai au quatrième étage seulement, et nous disposerons d'une pièce supplémentaire. »

Elle le regardait, le visage mouillé, interdite.

« Je vais récupérer l'ancienne chambre de mon grand-père. »

Il se tut et attendit. Laure le regardait toujours. Du pouce, elle effleurait la tache lie-de-vin sur laquelle il aimait poser ses lèvres. Son regard et sa bouche affichaient toujours la stupeur. Ils n'avaient pas encore dérivé vers l'une ou l'autre des expressions que Taro guettait avec attention sinon inquiétude : un sourire élargi, ou un froissement contrarié du front.

« Tu me proposes de venir habiter chez toi ?

— Avec moi, rectifia-t-il… Et pas habiter : vivre. »

Elle resta encore un court instant dans ce purgatoire, cette zone incertaine marquant la surprise, puis elle ferma les yeux sur un soupir et se tendit comme une voyelle cherchant un tréma. Elle s'éleva vers lui, glissant les bras derrière son cou, les cheveux dans son visage, et elle resserra peu à peu son étreinte jusqu'à l'étouffer avant de l'embrasser, à l'angle de l'épaule, aussi délicatement que si elle poussait la porte d'une maison.

Rambo entra dans la pièce en hurlant. Cinq Libanais l'accompagnaient. Les prisonniers américains avaient rabattu précipitamment leur bandeau. Les geôliers les détachèrent. Seul Gad resta enchaîné. D'après les imprécations lancées par les gardiens d'otages, il comprit que les caches avaient été repérées et qu'il fallait fuir.

Les trois Américains furent entourés de bandelettes autocollantes qui les emprisonnèrent de la pointe des pieds jusqu'au sommet du crâne. Immobilisés telles des momies. Un trou fut percé au niveau de la bouche pour leur permettre de respirer. Ils furent enfermés dans les socles de canapés démontés pour la circonstance. Malgré les chaînes qui le retenaient au mur, Gad tenta de s'interposer : le supplice de ces hommes serait abominable. Rambo lui assena un coup de crosse de sa kalachnikov derrière la nuque. Gad tomba.

Aux abords de l'immeuble, des hommes en burnous déchargeaient des légumes de deux fourgonnettes garées près d'une boutique de falafels. Les fourgonnettes abritaient des armes, et les hommes étaient des agents de la DGSE arrivés de France la veille.

A deux mètres de l'entrée de l'immeuble, des Libanais chargeaient des canapés dans un camion de déménagement. Ils aperçurent une Peugeot blindée qui s'arrêtait derrière les fourgonnettes. Un homme de petite taille en descendit. Les Libanais remontèrent dans les escaliers afin de descendre les deux derniers canapés. L'homme rejoignit les agents de la DGSE et leur annonça que l'opération était annulée : considérant qu'un assaut pourrait entraîner la mort d'autres otages, Paris venait d'ordonner son abandon.

La Peugeot repartit dans l'autre sens, immédiatement suivie par les deux fourgonnettes. Le convoi croisa une jeune femme en noir qui marchait en direction de l'immeuble. Anna n'avait pas été prévenue : ni du déclenchement de l'opération, ni de son annulation. Une fois encore, elle s'apprêtait à explorer les profondeurs du bâtiment pour le compte des services secrets français.

Au dernier étage, à droite en montant l'escalier, trois hommes sortirent d'un appartement. Ils portaient un canapé sur leurs épaules. Ils s'aventurèrent sur le palier. Rambo surveillait la manœuvre. Quand le meuble fut engagé dans les étages, il revint sur ses pas. Il ouvrit la porte de la pièce dans laquelle se trouvait Gad. Le médecin juif était recroquevillé sur le sol. Ses mains protégeaient son visage ensanglanté. Rambo pointa le canon de sa mitraillette dans les côtes du prisonnier, et l'obligea à se lever. Il le poussa dans le couloir, puis dans l'escalier. Ils montèrent. Gad comprit. Il ôta les mains de son visage et gravit les degrés un à un. Il voulait tout voir, une dernière fois. Il souriait à la mort d'un sourire magnifique qui n'empêcha rien. Son bourreau derrière lui, il parvint sur le toit de l'immeuble. Il regarda Beyrouth, sa ville. Une silhouette noire se profilait au loin. Gad s'attacha à elle parce qu'elle lui fit songer à ces colonnes de poussière qui l'avaient accompagné tout au long de son calvaire. Il bascula dans le vide au moment où Anna s'arrêtait pour observer les déménageurs charger leur cargaison dans le camion. Elle entendit d'abord la rafale de la kalachnikov, puis le cri déchirant de son mari piquant vers le bas. Elle se précipita. Il se fracassa près d'elle, l'éclaboussant de son sang, presque dans ses bras. Elle prit sa tête entre ses mains, coucha son visage contre le sien, et resta là, terrorisée, au plus près de son amour supplicié. Très haut, très loin, le sillage argenté d'un avion dessinait comme une ligne de mort sur la peau du ciel.

Épilogue

Joyeux lui ouvrit la porte. A sa mine, Taro comprit que le quart d'heure suivant allait être rude : le nain arborait une grimace heureuse. Trois jours plus tôt, il était venu chercher le manuscrit écrit par Taro dans la maison du passage.

« Ça va chauffer pour tes grandes oreilles, larmoya-t-il en souriant.

— Je m'y attendais. »

Le sourire se fendit d'une réjouissance affligée.

« Je suis autorisé à faire les présentations. »

Elle attendait dans le petit salon. Debout, droite et sévère devant la fenêtre donnant sur le jardin. Elle portait une robe fourreau noire fermée au col, et d'étranges mitaines qui dissimulaient ses mains. Le manuscrit était posé sur le bureau.

« A ma gauche, Monsieur Taro, dit le nain. A ma droite, Mademoiselle Blanche Nègre. »

A ce nom, elle se redressa de trois bons centimètres. Un courant d'air chaud passa à travers ses narines. Elle battit du pied droit, chaussé Jimmy Choo.

« Je vous laisse à vos petites affaires, chantonna Joyeux. Si vous avez besoin de mes services, appelez-moi. »

Il se retira. Blanche Nègre mordillait son fume-cigarette. Un paquet de Marlboro était posé sur la table en verre, près de la fenêtre.

« J'ai lu le livre, dit-elle. Un tissu d'âneries. Vous m'avez trompée. Je vous ai interrogé sur Z, et vous avez inventé des personnages qui n'ont rien à voir avec lui. »

Taro acquiesça. Il dit que selon lui le propos du roman n'était pas Z.

« C'est pourtant ce que je vous avais demandé.

— Je n'ai jamais songé un seul instant que je vous obéirais.

— Et pourquoi cela ?

— Ma nature n'est pas d'obéir.

— C'était ce que j'attendais.

— Raison de plus. »

Il la fixait en souriant.

« Ne vous moquez pas de moi !

— Revenons au texte, suggéra froidement Taro.

— C'est à moi d'obéir ?

— Je ne vous le demande pas. »

Elle tourna les pages du manuscrit.

« Vous avez mêlé toutes les histoires comme si elles n'en faisaient qu'une.

— Elles n'en font qu'une, en effet.

— Quel est le lien entre elles ?

— Taro.

— Pourquoi ce nom, *Taro* ?

— Je l'ai écrit.

— Et *Laure* ?

— Aussi. Page 28.

— Ah oui ! Votre grand-père ! Les femmes sur votre bureau du dernier étage ! »

Taro ne répondit pas. Il respirait son parfum, fleur, ambre, épice.

« Dans votre histoire, je ne suis pas la princesse, mais la sorcière.

— En effet.

— Blanche Nègre… siffla-t-elle.

— Préférez-vous apparaître sous votre nom de plume ?

— Certainement pas !

— Wifeman vous convient-il ?

— A peu près.

— Le nom est opaque. Personne ne remontera jusqu'à vous.

— Je ne me laisserai pas insulter. Ni moi ni celui que vous appelez Joyeux ! »

Elle s'empourprait. Ses talons se soulevaient de terre.

« Comment pouvez-vous vous permettre de critiquer mon parfum alors que personne ne connaît le vôtre ?

— J'ai semé un indice, répliqua-t-il, tout sourire. Page 153.

— Je ne vous permettrai pas d'aller plus loin ! Je romprai notre affaire s'il le faut ! »

Elle ne l'impressionnait pas. La main lui appartenait. Elle ne l'avait pas encore compris. Il inspira lentement et posa la question essentielle :

« Comment allons-nous signer ce livre ? »

Elle rectifia aussitôt :

« Comment vais-JE le signer !

— Il ne vous appartient pas, rétorqua-t-il.

— Personne ne le saura, et vous ne démontrerez rien. »

Il ouvrit à la page 16 le manuscrit qu'elle avait déposé sur le bureau.

« Lisez », commanda-t-il.

Elle parcourut les premières lignes. Ses lèvres étaient pâles et pincées. Elle respirait très court, comme un sportif après l'effort. Il prit le feuillet et lut :

« Il se figea quelques secondes avant de se tourner vers le Champ-de-Mars. Dans les profondeurs de la poche, pouce et index agirent sur le Sony XP 453 qui le quittait rarement. »

Elle le regarda. Il posa son appareil enregistreur sur le manuscrit. Elle cueillit le paquet de Marlboro. Dans le jardin, Taro aperçut la silhouette de Joyeux. Le nain approcha et colla son visage à la fenêtre.

« Le micro était branché ? »

La voix était d'un métal rare : titane martelé. Taro fit trois petits pas dans la pièce.

Blanche Nègre saisit la boîte d'allumettes.

« Vous aviez ce magnétophone chez l'éditeur, la première fois ?

— Oui, Mrs Wifeman. »

Il la fixa, puis Joyeux, de l'autre côté de la vitre. Il comprit dans son regard quel geste sa princesse venait d'accomplir derrière le bureau : elle avait craqué. Et, pour la première fois, ayant cru apercevoir un tendre reproche dans le regard du nain, Taro pensa que sa passion était peut-être autant d'or que d'argent. Il se dit qu'il l'écrirait.

Il l'écrivit.

Blanche Nègre fumait par petites bouffées convulsives. Elle aspirait la fumée puis la recrachait en volutes qui, bientôt, empuantirent l'atmosphère. Elle ne quittait pas Taro du regard. Elle distilla ses questions une à une, et il y répondit sans froideur, assez satisfait du tournant que prenait la situation. Elle comprenait enfin que la partie était perdue.

« Wifeman restera caché ?

— Parole de Noir. »

Elle s'éloigna vers la fenêtre. L'herbe était rase, et le saule immobile comme un squelette. Joyeux avait battu en retraite. Elle parla en lui tournant le dos, comme lui-même avait fait dans l'appartement de l'éditeur, au Champ-de-Mars.

« Que proposez-vous ?

— Vous ne pouvez pas signer de votre vrai nom. Celui sous lequel tout le monde vous connaît en France. Ce livre est trop différent des autres. »

Elle ne releva pas.

« Et puis le style de Claude Vizir ne ressemble pas au mien. »

Ses épaules tressaillirent.

« Je dis bien *au mien*, répéta-t-il. Il s'agit de mon livre. Ecrit par moi, avec ma vie.

— L'idée ne vous appartient pas.

— Bien sûr que si... Vous ne signerez pas non plus *John Wifeman*. Cette histoire ne pourrait pas se dérouler aux Etats-Unis. »

Elle se retourna, fit un pas sur le côté, puis un autre, sans le quitter des yeux. Son front était étrangement bas et tendu. Ses poings étaient contractés, les doigts blancs aux jointures. Elle les serrait puis les desserrait mécaniquement. Taro hésita entre un exercice expiatoire et une méthode de yoga pour évacuer la rage. La griffure des ongles sur le tissu de la robe produisait un bruit délicat.

« Que pensez-vous de tout cela ? » demanda-t-il.

Les états hypnotiques, de transe, toute manifestation à caractère surnaturel, la pétrification ou l'extase suscitaient chez lui une incapacité absolue à communiquer. Il fut tenté d'appeler Joyeux à la rescousse. Par chance, aussi rapidement qu'elle y était montée, Blanche Nègre descendit du ciel. D'une voix très calme, elle dit :

« La seule question qui vaille est celle de la signature. Je suppose que vous avez une solution à me proposer ?

— Bien sûr. Nous allons choisir un pseudonyme.

— Pourquoi feriez-vous cela ?

— Pour la beauté de la fin. »

Il avait ouvert son portefeuille. Il déposa sur le

bureau la feuille de calepin pliée en quatre qu'il avait placée là le soir de la mort de Marc Kajanef.

« Lisez. »

Elle feignit d'hésiter. Elle feignit de revenir très lentement vers le bureau. Elle feignit d'être Blanc alors qu'elle n'était plus rien.

Elle prit le papier et le déplia. Taro avait inscrit en petits caractères le nom d'auteur qu'il avait choisi pour son livre :

Dan Franck.

Du même auteur :

LES CALENDES GRECQUES, Calmann-Lévy, 1980 ; Points (prix du Premier Roman 1980).

APOLLINE, Stock, 1982 ; Points.

LA DAME DU SOIR, Mercure de France, 1984 ; Points.

LES ADIEUX, Flammarion, 1987 ; Points.

LE CIMETIÈRE DES FOUS, Flammarion, 1989 ; Points.

LA SÉPARATION, Seuil, 1991 ; Points (prix Renaudot 1991).

UNE JEUNE FILLE, Seuil, 1994 ; Points.

NU COUCHÉ, Seuil, 1998 ; Points.

LES ENFANTS, Grasset, 2003 (prix des Romancières 2003), Le Livre de Poche.

LE PETIT LIVRE DE L'ORCHESTRE ET DE SES INSTRUMENTS, Points, 1993.

TABAC, Seuil, 1995 ; Mille et une Nuits.

BOHÈMES, *Les Aventuriers de l'Art moderne (1900-1930)*, Calmann-Lévy, 1998 ; Le Livre de Poche.

LIBERTAD ! *Les Aventuriers de l'Art moderne (1931-1939)*, Grasset, 2004 ; Le Livre de Poche.

LES CARNETS DE LA CALIFORNIE, texte sur Picasso, Le Cercle d'Art, 2000.
LES ANNÉES MONTMARTRE, Mengès, 2007.

En collaboration avec Jean Vautrin :

LES AVENTURES DE BORO, reporter-photographe.
LA DAME DE BERLIN, Fayard , 1987 ; Pocket et Presses Pocket.
LE TEMPS DES CERISES, Fayard , 1990 ; Pocket et Presses Pocket.
LES NOCES DE GUERNICA, Fayard , 1994 ; Pocket et Presses Pocket.
MADEMOISELLE CHAT, Fayard, 1996 ; Pocket.
BORO S'EN VA-T-EN-GUERRE, Fayard, 2000 ; Pocket.
CHER BORO, Fayard, 2005 ; Pocket.
LA FÊTE À BORO, Fayard, 2007 ; Pocket.
LA DAME DE JÉRUSALEM, Fayard, 2009.

En collaboration avec Enki Bilal :

UN SIÈCLE D'AMOUR, Fayard, 1999.

Composition réalisée par PCA

Achevé d'imprimer en novembre 2010 en Espagne par
LITOGRAFIA ROSÉS S.A.
08850 Gavá
Dépôt légal 1re publication : décembre 2010
Librairie Générale Française – 31, rue de Fleurus – 75278 Paris Cedex 06

31/2741/2